單 One-way
讀 Street

当父亲把我忘记
——隐秘的告别

薛舒 著

上海文艺出版社

图书在版编目（CIP）数据

当父亲把我忘记：隐秘的告别/薛舒著. -- 上海：上海文艺出版社，2023（2024.1重印）
ISBN 978-7-5321-8813-0
Ⅰ.①当… Ⅱ.①薛… Ⅲ.①纪实文学—中国—当代
Ⅳ.①I25
中国国家版本馆CIP数据核字(2023)第180367号

发 行 人：毕　胜
策　　划：李伟长
责任编辑：解文佳
特约编辑：刘　会　刘　婧　罗丹妮
封面设计：李政坷
内文制作：李俊红

书　　名：当父亲把我忘记：隐秘的告别
作　　者：薛　舒
出　　版：上海世纪出版集团　上海文艺出版社
地　　址：上海市闵行区号景路159弄A座2楼 201101
发　　行：上海文艺出版社发行中心
　　　　　上海市闵行区号景路159弄A座2楼206室　201101　www.ewen.co
印　　刷：山东临沂新华印刷物流集团有限责任公司
开　　本：1092×850　1/32
印　　张：8.5
字　　数：136,000
印　　次：2024年1月第1版　2024年1月第2次印刷
Ｉ Ｓ Ｂ Ｎ：978-7-5321-8813-0/I·6946
定　　价：59.00元
告 读 者：如发现本书有质量问题请与印刷厂质量科联系　T:0539-2925888

目录

001 序：远去的人
005 一、未被发现的开始
017 二、丢失时间的人
029 三、看病
045 四、精神障碍
065 五、父亲的"家"
083 六、大花园
099 七、冰凌花
117 八、那个我唤作"父亲"的"孩子"

133　　九、临终诗社

149　　十、病房故事

167　　十一、母亲的困顿

185　　十二、久违的歌声

203　　十三、故乡

223　　十四、少年十六岁

241　　十五、前世的情人

255　　暂时的尾声

259　　后记：因为病和爱，我不再文学

序
远去的人

父亲患了老年痴呆症，2012年春天开始发病，直至现在，记忆几乎完全失去，大脑对外界的信息亦已不再接收，原本存在于记忆库的物事，如同一页满负着主人大半辈子的书写和涂鸦的纸张，正遭遇一块强悍的橡皮擦，纸上的字迹和画痕正被迅速擦去，很快，它将变成一张消退了每一丝痕迹的白纸，这张回归到如婴儿眼睛般纯洁和天真的白纸，却因岁月侵蚀而显浑身褶皱，并且支离破碎……

这就是我的父亲即将面临的生命隘口。这种病，有一个拗口的外国名字——阿尔茨海默病，英文名Alzheimer disease。通俗地说，这是一种病人在意识清醒的状态下出现的持久、全面的智能减退，表现为记忆力、计算力、判断力、注意力、抽象思维能力、语言功能减退，情感精神障碍和行为障碍，直至独立生活和工作能力丧失。据中国阿尔茨海默病协会2011年的公布调查结果显示，全球约有3650万人患有痴呆症，每七秒就有一人患上此病，平均生存期5.9年，是威胁老人健康的"四大杀手"之一。

父亲才刚过七十岁，算不得太老的年龄，按理还没到患这种病的时候，然而他疾速衰退的记忆毫不客气地向我们宣布，他的确病了，并且病得不可逆转。持以善良、人道观点的人们反对用"老年痴呆"命名这种病，父亲患病之前，我很少注意相关资讯，现在亦开始为这不够尊重人的病名感到难以启齿。每当亲朋好友问起父亲的病，我总是极小声地告知：有一点点脑萎缩……事实上，"脑萎缩"听来并不比"痴呆"好多少，甚至更为令人恐惧，好在这种称谓的科学性，相比民间语言"老年痴呆"的粗鲁和无理，让人在自尊上更易接受一些。

2012年重阳节来临时，我不知道送父亲什么礼物，因为他对"礼物"这个概念已然失去判断，物质的赠予无法令他快乐抑或感动，他无动于衷地面对周遭一切，他已经不需要礼物，他需要的是他人对他的护理，从某一个并不确定的日子开始，他生命的维持必须依赖他人的帮助，才可挣扎着继续。

几天前，父亲指着我的背影问母亲：那个小姑娘是谁？

他叫我"小姑娘"？他的记忆已经退回到了我的少女时代？可是一分钟前我还与他说过"爸爸再见"，他拔高嗓门回答我："好，再见"，一转身，他就不记得他的女儿了，他只用了十秒钟就把我彻底遗忘。我无法确定他将在未来的哪一天把所有的亲人当成陌路，我亦无法想象，有一天，他赖以思索的大脑终将成为一个漆黑的空洞，他这个人，也将成为一具缺失灵魂的躯壳……作为女儿，我亲历着父亲的衰退，眼看着他一日继一日地把回家的路遗忘，把每天陪伴在他身边的老妻遗忘，把他亲自生养的儿女遗忘……我开始思索，我能为父亲做些什么？我清晰地看着他向生命末端走去，却无力阻止他日渐远离的脚步。除了陪伴和照顾他，我还能做什么？也许，唯一能做的，就是把父亲患病之后的生活记录下来，记录这个七十岁的老人如何一步步走向衰老，一点点失去记忆，一寸寸地与时光对抗、对抗，直到生命终结……这么说太残酷，可是我想，我和我的家人，必须面对这一切，不管父亲还拥有十年八年抑或三年五年的生命，我都应该记录下来，因为终有一天，他会把一切全部遗忘。等到那时候，也许我还可以在记录中找到曾经健康的父亲，找到那个虽然义无反顾地远去，却依然与我休戚相关的生命曾经的步履，亦许，这也是我，以及与我一样未来必将老去的生命都要经由的步履。

在还没有更合适的称谓前，我将用英文简称"AD"来称谓父亲的病，也许这部并非为某种意义而进行的记录会持续很久，因为这里将保存一个老人身患AD后的寸步光阴。如果这也算是一种创作，那么我想，这是父亲用患病的生命送给我的一笔巨大的财富。

一、未被发现的开始

2012年六月的某一天,父亲终于等到可以使用免费乘车卡的日子了,他是六月的生日,那一天他刚满七十岁。这个刚满七十岁的双子座老人,一大早就顶着他那颗思维活跃、随时都有可能冒出奇思怪想的脑袋,骑着自行车喜滋滋、羞答答地去居委会领乘车卡了。

出门前,他对我"呵呵"讪笑了两声,挠了挠光秃秃的头皮上所剩无几的发丝,开步向家门口走去,留下一串脚踏地板"噔噔噔"的响声。也许他自觉并未衰老,所以他为自己竟可以从此免费享受公共交通而略觉羞涩。可他又是那么期盼拥有一张免费乘车卡，以免费的方式享受生活，那是他六十九年来敢想却又无以达到的幸福。这样的幸福，只能从第六十九年之后的这一年开始。的确，他已然成为一个七十岁的老人。可这是一个形同壮年的老年男子，一个有着骑自行车飞驰半小时以上的体能的老人。为此，我还在他出门时调侃了一句：以后坐地铁，记得给疲惫的小白领让个座啊！

然而，他骑着他的自行车，从居委会空着手回了家。原因？今天是周日吧？居委会大概休息，弄堂里的所有门都紧闭着，所以，没领到……好吧，那就明天，明天是星期一。

第二天，他再次欣欣然前往，一个小时后，竟还是空着手回了家，情绪却已完全不似昨日的高涨，而是神色黯然，如同不擅游泳的人不幸溺水，却又努力挣扎着爬上了岸，虚弱而委顿，嘴里还喏喏道：我怎么寻不着居委会了？明明去过很多次的……

居委会就在小区隔壁的弄堂里，骑自行车只需五分钟。可是，他在一条十八年前就已熟识的弄堂里徘徊了一个小时，他找不到他要进入的那扇门了。他从不认为需要记住那是几弄几号，那只不过是一扇让他熟视无睹的门。

可他就是找不到了，他来来回回、反反复复地寻找着，在这整整一个小时里，他顿悟般地发现，连自己都是不可信的了，那么别的一切，还可信吗?

幸好他还认得回家的路，幸好他回来了。倘若那一日他出了家门从此不再回来，那么一切是否可信的问题，大约该轮到我和我的家人来质疑了。

最终还是母亲去居委会把父亲的免费乘车卡领回了家，可是至今，这张卡一次都没被使用过。仅在领到免费乘车卡之后的第四个月，他就失去了独自出门的能力。人生第七十个年头开始享用的那份幸福终于来临时，他却以飞也似的速度，与幸福擦身而过了。

在父亲表现出显著病症之前，我们一直没有意识到，其实2010年他的言行开始出现略微异常，那即是AD在悄悄来临。那时候，母亲还被一家饭店聘用，每天要上班，这个财务出身、典型处女座性格的老妇无论到哪一家单位，都被领导或者老板信任。她认真投入、锱铢必较，做事一板一眼，甚至缺乏变通，这恰恰又使她成为财务工作的最佳人选。聘用她的饭店曾有一名收款员窃取营业款，她轧账查出，并毫不姑息地揭发，老板因此奖励了她。倘若辞退员工，我母亲可能是最后轮到的那一个。她很骄傲于自己的这一优点，也因为退休以后继续发挥着余热，生活便过得颇有成就感。

父亲却并不如此。让我回忆一下，究竟是从什么时候开始，他变得越发脾气古怪、心胸狭隘，对老妻越来越不信任了？大约是2010年？或者更早一些。记得当时父亲退休没多久，弟弟为父母安排了桂林旅游。之前他们去过海南，老两口玩得意犹未尽，回来后对我们姐弟说，打算每年旅游两次，争取玩遍全中国。然而，"玩遍全中国"的宏伟计划仅仅实施到第二个站点，问题就来了。

从桂林回来当天，母亲打电话给我。他们吵架了，吵得很凶，起因，起因……令我难以启齿的起因，只为旅途中，母亲被同团的一个老头"摸"了一下手。

记录刚开了个头，我就感觉到了叙述的困难。显然，我正在揭父母的短，或者说，我正在外扬家丑。我终于体会到，真正的坦白有时候实在令人难堪，可我依然不知道，倘若继续坦白，我要拿出多大的勇气。我无意掩饰作为凡人的父母身上常见的陋习或者劣根性，他们成长于物资匮乏的艰苦年代，经历了动荡的岁月，为了生存，他们竭尽所能，甚而一定程度的不择手段。然而对他们的剖析和内心挖掘，我却始终不敢轻易触碰，因为他们是我的父母，我有一种挖自己心肝的疼痛。

然而父亲病后，我越发感到记录他们的真实人生是多么迫切，哪怕有瑕疵、裂缝、缺陷，他们依然是给予我生命的父亲和母亲。对于生命本身而言，他们许多时候的功利、自私、市侩，甚至猥琐，都是那么微不足道。至少，我和弟弟，我们应该为父母以强大的生命力孕育了健康的我们而骄傲。我无须逃避，也许最为真实的呈现，最为坦然的记录，恰是对他们最好的回报。我想，每一次我意欲寻找父母的人生缺憾，那就是一次满怀敬重的追忆，以及一次自我的完善。

好吧，让我回到那次至今想来依然令我羞愧万分的桂林游，按照父母的叙述，我觉得有必要把发生在旅途中的"摸手事件"简洁而清晰地复述一遍。

那是一个老年旅游团，参加者多为老年夫妻，事情发生在漓江游船上，途中，老人们正围在一起聊天。其中一位口才比较好的老头挺爱出风头，不时给大家说笑话讲故事，还配以丰富的动作表情。说到某个段落，需要做一下模仿拉手的动作，于是顺手拉住了站在边上的我母亲的手。也许是一秒钟，也许有两秒钟，总之，那个需要拉手的模仿秀做完，老头才把母亲的手放开。

我想尽量准确、客观地再现彼时的氛围和状况，如此我们就能设身处地想象，一个拉手动作其实并不足以让父亲如此生气。可他足足生了半个多月气，并且下了可怕的结论：她背叛了我！

母亲自是委屈至极，坐在一边伤心哭泣。作为女儿，我只能劝父亲：几十年的夫妻，你还不了解妈妈？

父亲接下来的话尚且令我觉得合理，他说，我知道你妈不会真的做什么出格的事，但是当着那么多人的面，还当着我的面，老头摸她的手，她居然不反抗……

我明白了，他把脸面看得太重，他相信妻子内心的忠贞，却为她的表现不够贞烈而觉丢脸。可是在我眼里，无论如何，母亲对突如其来的拉手动作的反应是有些愕然而不知所措的，她来不及做出任何反应，比如，果决地甩开那个老头的手，并且还以一个表示反感的白眼。其实，老头的妻子在旁边呢，不可能发生任何问题……我就是这么劝父亲的，我试图分析当时的情况，尽力使他理解并释然。

可这么一说，父亲转而对我生起气来：你不知道，当时我有多难堪啊！脸都丢尽了！他甚至用了一个词：恶心！他近乎咬牙切齿地说出"恶心"这两个字时，我终于明白，他是深深地感到被伤害了。那时刻，我几乎无话可说，我在回忆，父亲什么时候变得如此狭隘而计较了？以前他似乎也吃过母亲的醋，但反应不会这么剧烈，即便生气，也会保持起码的自尊。事后母亲在我面前提起：你爸年轻时就小心眼，我和男同事说句话他都要给我脸色看，他的女同事到家里来玩，我可半个"不"字都不说的。

我无奈道：你要是能吃他的醋，他就不会吃你的醋了。

话虽这么说，我心里却明白，父母对这样的换位思考是无法理解和接受的。写到这里，突然想起一件发生在很久以前的往事，一件与我有关、我却并无记忆的往事。那时候我还没上幼儿园，也许是四五岁的光景，母亲常带我去她上班的地方玩耍，她在一爿五金电器商店工作，这类商店的营业员多为男性，不像杂货店、针织百货店，以女营业员为主。某个傍晚，父亲下班回到家，幼小的我忽然在他面前说：小X叔叔到我们家来了。

这位小X叔叔，正是五金电器商店众多营业员叔叔中的一个。父亲当即变了脸色，转而质问母亲：小X为什么到我们家来？

母亲莫名其妙：没有啊！怎么可能？

父亲指着我说：小孩子说的都是实话，成年人才会撒谎。

为了证实自己的清白，母亲追问我：谁来我们家了？怎么来的？来干什么？

父亲试图提醒我：小X叔叔来过我们家？有没有来过？再想想……

那个四岁或者五岁的孩子在遭到一连串的质问后，聪明地意识到自己适才的话惹来了麻烦。于是她决定，接下去她将以闭口不言来应对一切。她瞪着无辜的大眼睛，无言地看着她的父母，她三缄其口、不吐一字，不说有人来过，也不说没人来过，只是呆站在原地，把沉默坚持到了最后。

事情的结果是，父亲在气急之下伸手甩了我一个耳光，我想，当时我大概哭了，母亲也一定哭了。那场事故是怎么过去的，母亲没有提过，但我相信，这确乎是一桩从我口中说出的子虚乌有的冤案。三十多年后，母亲再度回忆起此事，依然很不理解：天晓得你为什么要那么说，根本没有的事。

我了解母亲，她不可能为了替自己圆谎而把罪错抵赖于孩子，并且，日后的每一天，我和弟弟都生活在她身边，直到高中毕业我才离开家。母亲的工作环境、社交处世、待人接物，我太熟知，我几乎认识她周围的所有同事、朋友，我们小镇那个弹丸之地，谁不认识谁？而我对母亲，从没有丝毫品行轻浮的印象。

为这事，我至今愧疚不已，我让母亲莫名蒙冤，让父亲感到伤害，而成年的我也不得不问自己，那时候我为什么要说"小X叔叔到我们家来了"？

曾经对闺蜜燕子说起此事，她调侃我：你幼年时代就流露出一个未来小说家的端倪，虚构，虚构是小说家的长项。

燕子的分析也许有一定道理，倒不是依据我现在以写小说为职业，而是，想象。我相信，幼年的我，小小的脑袋里充满了各种各样的想象。我同样相信，那个"小X叔叔"是母亲同事中我最喜欢的一个。那时候我整天在母亲单位里混迹，我被电器商店的众多叔叔围绕着，便也拥有了自己的喜恶。比如那个引诱我把手指头伸进插座小孔的叔叔，就令我十分讨厌，当时我被电流电麻得吓坏了，大哭不止，这事我还依稀记得。至于那个我已经完全不记得的"小X叔叔"，也许他经常给我讲故事，或者请我吃过糖果，我便喜欢上了他，并且热切地希望他到我们家来做客，这种希望被我小小的脑袋反复思索、强化，然后，想象出现了……当我脱口而出"小X叔叔到我们家来了"时，我想，我只是表达了某种愿望，而非事实。可是，这种表达是多么可怕，它造成的严重后果，是幼小的我不能料及的。

为此我查过《儿童心理学》有关理论，科学解答了我的疑问：通常孩子到了三四岁左右，就会有爱说谎的行为发生，这也是孩子成长过程中的特有现象。然而，年幼孩子说谎的动机，并不如成人想象的那样，他们只是在编造一个故事、一个梦想，或为了达成某个心愿而夸大自己的言辞，事实并非在说谎，所以父母应懂得分辨孩子说谎的性质和动机。

可是，我该如何把发生在三十多年前的一场误会向父母解释清楚？我该如何让他们明白，一个孩子的"谎言"并非出自她想要撒谎的本意？对此我感到无能为力。

好在那时候他们还年轻，尽管他们不懂所谓的"儿童心理学"，但是健康强盛的生命力使他们在发生矛盾之后能很快自愈，毕竟，恩爱远远超过偶生的龃龉。可是现在，他们老了，他们的免疫力下降了，他们不再强大，于是，一次误会成了一场疾病的导火线。

都说时间是医治伤口的良药，桂林旅游引发的"摸手事件"暂告段落，天天生活在一起的两个人，做不到相互不理不睬。父亲其实一天都离不开母亲，他找不到没有破洞的袜子，他不知道衬衣放在哪个抽屉，他的衣食琐事，一辈子都是母亲替他操心。他们终是和解了，我以为，一切都过去了，过去了就好。可是事情并没有结束，而是，才刚刚开始。

自那以后，父亲对母亲的芥蒂越来越深，桂林游的后遗症一次次爆发，甚而发展到母亲在上班时，父亲忽然从天而降，出现在财务办公室窗外。他去查岗，查他的老妻脱离他的监督后是否还能保持检点。也会被母亲的同事发现，他便搪塞，什么在附近办事，顺路过来看看，一副谈笑风生、心胸开阔的模样。有时候，母亲在卧室换衣，关闭的窗帘漏了一条缝，他便怒不可遏地质疑母亲的品行，斥责她不守妇道，言语伤人，不留情面。

我没有意识到这是患病的蛛丝马迹，我和弟弟猜测，是不是父亲进入了更年期？据说男人也有更年期，只是比女人晚几岁。也可能是退休综合征，母亲天天去上班，他一个人在家胡思乱想，闲出来的病。我和弟弟便竭力鼓动他参加社区老年人娱乐活动，去公园唱歌跳舞，或者报名老年大学，去听听课，聊聊天。在我们的劝说下，他倒是在公园里找到了一群自弹自唱的同类，都是退休后无所事事的老人。父亲天生的好嗓子让他在那个群体中显得很是出挑，那以后，他每天上午都要去公园消磨半天时间。

那是一段相对平静的日子，偶发矛盾，大多是与母亲一起外出时遇到某人某事，便触发了他的某根"醋"神经。或者，母亲下班后没有准点到家，他便怀疑她途中开小差，去了他不了解的某个地方……他的猜疑完全没有根据，母亲的解释或者我们的开导，总能使他在将信将疑中一次次"原谅"母亲。

我们期盼着一年半载后,父亲的更年期自然度过,一切还能恢复到原来的样子。然而,我们没有等到他完全恢复的日子,他的状况越来越糟糕了,对母亲的猜疑越发频繁,几乎每天都会生出事端和母亲吵架,直至2012年初,病症完全暴发。

从"摸手事件"到完全发病,其间足有两年,现在想来,那两年正是AD症的孕育期,我们谁都没有发现,病魔的手正悄悄地伸向父亲。

二、丢失时间的人

2011年，我的外公因患脑出血住进了医院，如今他依然在医院里过着与病床不离不弃的生活。好在母亲有姐妹兄弟七个，一星期轮下来，正好每人去医院照顾外公一天。我的任务，就是每周一次开车送父母去外公所住的医院。为此，母亲常常感叹子女多的好处，她只有一子一女，她无法想象，等他们老了，他们将如何打发一周七天中剩余五天的孤独？她的儿女如何才能每天陪伴在她和她那正渐渐失智的老伴身边？

父亲的智力和生活能力几乎降到学龄前儿童的水平，甚而弱于五六岁的孩子。未来等待着母亲的将是什么样的日子？她已有所预料，她朴素地预见到，夫妻相互陪伴终老的童话已然不再可能成为现实，她以自嘲甚或幽默的口吻道：除非诺贝尔奖评委会忽然宣布，某位科学家发明了有效治疗AD的药。

这是她的梦，亦是我奢侈的想象。

父亲的智力退化，最初表现为时间认知的混乱。刚吃过早餐，打了半小时瞌睡，醒来却说：该吃晚饭了吧？或者半夜三更要穿衣起床：天都快亮了，还睡？

大约是2011年的下半年，我们只是发现他经常认错钟表上的时间。那时母亲还上班，每到下班时段，他就翘首以盼，等不及时，就去小区外公交站牌下等候。倘若因为堵车母亲晚到家片刻，他就大发雷霆，指着挂钟说：都七点了，怎么才回来？又去哪里"捣糨糊"了？

事实上，挂钟的时针也许正指在"5"上。母亲纠正他，他对着挂钟端详片刻，这才"哦——"地释然，然后自责：我的视力退得太快，越来越看不清了。

我们也以为，那只是他眼睛老化得厉害。可他还能戴着眼镜对照着我给他买的《中外民歌金曲精粹》唱那些老歌，还能每天去公园混迹于一群退休老人中唱歌跳舞。他嗓子好，是很有特色的民歌男高音，尤其擅长蒙古族、藏族歌曲，那些婉转的曲调，他唱得优美而游刃有余，他还把擅歌的基因遗传给了我。然而，公园里的歌舞活动似乎没有让他尽兴与满足，看上去，他并不十分热爱这种集体活动，一般只持续到上午十点左右就独自回家了。接下去的大半天，他就靠在沙发上看电视，看着看着就睡着了，这一睡，也许就是两三个小时。他不爱逛街，不爱串门，更不愿意参与麻将之类有金钱来往的活动，哪怕只是三五元之间的输赢。他太爱惜他的钱了，他舍不得从自己口袋里往外掏一分钱。如此，他便为手里拽着大把大把挥霍不掉的时间而恍惚与迷茫着。除了看电视、睡觉，所有剩下的时间他都用来等他的老妻下班回家，心情便格外焦急，不断给母亲打电话。母亲若没听见电话铃声，他就一遍遍地打，直到被发现时，手机上也许已经堆积了几十个未接来电。如此，母亲到家后看到的必定是他那张气得铁青的脸，继而对母亲的行踪又一次提出怀疑和质问。

　　状况似乎有些严重的趋势，我开始上网查询，关键词是"更年期"。果然跳出很多有关老年男性更年期的信息，父亲的症状大多符合，比如脾气变得古怪、暴躁、猜疑心加重等。但他的年龄已经过了医学上对男性更年期在六十岁左右的界定，难道因为体质好，七十岁才刚到更年期？我无法找到合理的解释，与此同时，网页上更多有关老年疾病的文字涌入我的视线：老年忧郁症，老年精神病，老年痴呆……

我像躲避瘟疫一样关闭了网页，我不敢看那些词条下面的详细内容，我无法接受我的父亲可能患上那样的病。从小到大，他留给我的印象多是坚强、开明、热情、善言……他怎么可能得老年忧郁症或者老年精神病？我一边这么告诉自己，一边忧心忡忡地观察着他的变化。

那些日子，父亲对母亲的行踪极度关注，对母亲的行为接近病态地计较。母亲出门时与异性邻居打个招呼，遇到某位异性老同事寒暄了几句，他都会大怒而斥责他的老妻道德败坏。似乎，他回到了十八岁的青春年代，俨然一个多情的吃醋王子，为着深爱的恋人不至从他身边逃离而草木皆兵、处处设防。母亲亦是被他搞到终日惶惶不安，他却乐此不疲于类似克格勃或盖世太保的"监视"与"揭露"。母亲当然不接受他对她品行不端的评判，他便又为她的不知错而气极，于是大吵。好几次，母亲半夜打电话向我求救，又气又恨地说，都老得半死了，怎么变得这样"污理蛮理"？

然而父亲一接我电话，就像什么都没发生似的，没等我开口,就率先询问起我的工作和身体,关心我的吃饭和睡眠,哪怕一分钟前他还与母亲吵得不可开交,此刻却像没事人了。我知道,他是不愿意流露心底的落魄和失意,他勉为其难地维护着自己的尊严,还要在子女面前表现出与母亲的恩爱。他压抑、忧虑,日子过得近乎忍辱负重,他无法消解这些负载在心头的情绪,便更加频繁地挑起各种事端与母亲吵架。

我做不到像工会主席那样去调解父母之间关于男女问题的矛盾,这大概是世上最尴尬的调解工作了。可我终于还是无法沉默下去,在一次父亲又因窗帘问题与母亲大吵后,我对他说:爸爸,妈已经六十七岁,没什么姿色可言了,你就放一百个心,你的老太婆没人要的。这世上,也就你稀罕她。

也许是被我揭了底,扯破了脸皮,他干脆不再隐瞒:既然女儿都知道了,那我要和你好好谈谈。

我问:谈什么?他说:谈谈你妈的事,她这个人,年轻的时候就有很多问题……接下去,他开始举例,证据多得几箩筐都装不下,思路却相当混乱,所有事例都没有明确的时间、地点,所指对象均以"那个人"或者"那个谁"等模糊代词称谓,并且没有一例是叙述完整的,有头无尾、天马行空、毫无逻辑……语气却是悲伤和无奈,似乎真的一辈子活在屈辱中。

在他语无伦次地罗列他的老妻的罪证时，母亲在一边已经哭得几欲气绝。我不知道该怎么评判他近乎痛心疾首的控诉，他这是故意要侮辱、污蔑、诽谤母亲吗？可他自己分明也感到受了极大的伤害，他认为那些证明母亲"有罪"的证据都是确凿无疑的，可是在我听来，那根本就是支离破碎的梦话。我几乎怀疑，父亲是不是得了"受迫害妄想症"？为什么他总觉得母亲背叛他？

2011年10月19日，外公突发脑出血，被送往医院急救。大舅打电话给父亲，他马上赶去医院。因为我们家离医院近，父亲便自告奋勇回家拿住院的洗漱用品。当时同去医院的三姨夫后来告诉我，父亲下了手术室大楼，却找不到来时的路了，他在楼下像热锅上的蚂蚁一样来来回回转了很多圈，如同撞了鬼似的，怎么都走不出医院大门。大舅在楼上的窗口看见了，对三姨夫说：看看，看看，姐夫怎么变得这样笨？

好不容易出了医院大门，他骑自行车回到家，母亲已经从单位赶回，整理好洗漱用品，两人一起返回医院。可是进了医院大门，父亲却找不到外公住的那栋大楼了，才半个小时，他已经不记得。

我终于意识到，他的记忆力衰退得如此之快实在是不正常了，回头看他近半年来对母亲极其苛刻的态度，无中生有的猜忌，我怀疑，父亲的心理或者精神大概真的出了问题。再度查询网上有关老年疾病的信息，一一对照，似乎，父亲患了所有与精神、情绪、心理有关的老年疾病。许多症状符合忧郁症的特点，但忧郁症会失眠，他却不会，睡觉是他最重要的生活，他睡得着，并且晚上睡、白天睡，一天二十四小时，大约有三分之二在睡觉。难不成忧郁症也会嗜睡？或者，或者，竟是老年痴呆？记忆力急速衰退，对伴侣无端猜忌，对金钱极度吝啬……看起来像，可他才七十岁，太早了吧？

我无法找到确切答案，便想着抽空带他去医院检查身体。可父亲却好像知道我们正在怀疑他患了病，便要努力证明自己的健康似的，从外公住进重症监护室开始，竟变得正常起来。那些日子，父亲上午去公园，下午去医院。他担负起了每天为外公送人参汤的任务，四十五分钟的探视时间，他和半昏迷的外公说话，给外公僵硬的手脚做按摩。有规律的生活和工作让他感到忙碌而充实。他不再做盯梢的克格勃，给母亲打电话也不那么频繁了，并且猜忌和怀疑明显减少，只是对窗帘还偶有要求。也是母亲学得乖巧很多，出门只埋头赶路不东张西望，卧室的窗帘总是闭得严丝合缝，她不想招惹她那个刁蛮的老伴，她尽量避免着引起冲突的任何事由。

那是一段相对平静的日子，父亲的精神显得良好，不像是得了心理或精神疾病。我想，也许过于空闲的退休生活让他倍感寂寞和空虚，积累起来，就患上了某种叫"退休综合征"的病。现在外公住院了，父亲便如踏上了新的工作岗位，退休综合征不治而愈。他成了一个有用的人，他被另一个更老的老人需要着，为此他必须要求自己保持健康的、旺盛的生命力。

这年冬天，我们过了一个祥和的春节。弟弟和弟媳从海南飞回了家，年三十晚上我们请外婆来家里吃了年夜饭。春节过完，弟弟、弟媳回海南，母亲又开始上班，我也投入了新的创作。春天悄悄地来了，我默默地祈祷着父亲的"病"能因着护理外公而好转，乃至恢复正常。然而，早春二月，父亲的"被迫害妄想症"又蠢蠢欲动起来，就像封冻了一季的种子，在春天温暖的空气和潮湿的土壤中渐渐复苏，而后，某一天的某一时刻，骤然间冒出了邪恶的芽孢……

2012年的五月到六月，是父亲发病以后精神症状最为严重的一段时间。每天早上，他总要骑着自行车去公园，与他那些唱歌的老伙伴碰面。他在外人面前依然随和、谈笑风生，公园里的老伙伴们根本看不出他的病，只觉这个唱歌好听的老薛变得越发高傲了,人们请他表演,他总是只唱一两首歌,之后便不肯再唱。

我问他:为何摆谱?他说:多了就不稀罕了,也要把表演的机会让给别人一些的,老太太们唱得难听,也喜欢唱呢。

这话在我听来很是知书达理,自尊、礼让、体察人心。可是话锋一转,他又说:一群人婆婆妈妈,为谁唱得多唱得少还吵嘴,和他们混在一起,我都显得档次低了……俨然一副小明星大架子。前后两种说法,本质上是一回事,但境界完全不同,不知道哪一种态度才是发自他的内心。但是,不管他是否瞧得起那群被他称为婆婆妈妈的同龄人,他照例还是每天花费半天时间去公园"上班",这终究是好事。直到有一次,他们去一所敬老院演出,轮到父亲独唱时,他竟把一首最熟悉的歌唱得支离破碎、不忍卒听,那些曾经熟记的歌词,被他几乎遗忘殆尽,更可怕的是,在上台之前,他并不知道自己已经忘了歌词。

他被自己羞辱了。"不玩了,早就不想玩了,谁稀罕?"他以轻描淡写的口吻宣布从此不再参加公园的歌舞活动,却掩饰不住一脸的挫败感。我不知道在舞台上出一次洋相对于他来说有多么羞耻,但我知道,从此以后在他的字典里,唱歌成了"自取其辱"的代名词。我们便联想到，他那充满傲慢与偏见的人际交往，以及不愿与老伙伴们合作的真正原因，也许是他已经隐隐感到，他正逐渐失去把握与控制"歌"和"唱"的能力。那简直就不是原来的那个老薛，而是一个越来越不会唱歌，甚至从来不会唱歌的老薛，这个可恶的老薛，正一口一口侵吞着原来那个擅歌的老薛。

那以后，他果真不再去公园，整日待在家里唯一可做的事，就是盼望母亲下班回家。一个人的日子，太漫长了，漫长到不断地睡过去，醒过来，又睡过去……于是给他的老妻打电话，从一天打三四次，到一天打七八次，直到半小时打一次。

在这之前，我和弟弟曾多次劝母亲辞去工作，回家陪伴父亲。她没有正面答复我和弟弟的建议，每天早上依然准时去上班，直到下午下班时间回家。她好像并不担心她不在家的时间段里，她的老伴该如何度过，过得是否寂寞。

我知道，与我一样，母亲也在逃避，逃避一份情感完全负载于她一个人身上的压力。虽然她已是一个六十七岁老妇，可她一样希望拥有自己的生活，她对未来时刻都要陪伴着一个"刁蛮的病老头"充满了恐惧，她去上班，更多是为逃离这个压抑的环境。

我什么都知道，便不能硬逼着她辞工回家陪伴父亲，我无法告诉母亲什么叫"老来伴"。"老来伴"，其实并不是一种公平的相互陪伴，而是需要健康的这一个照顾患病的那一个，需要相对年轻的这一个照顾更老的那一个，需要活着的这一个为先于他（她）死去的那一个料理后事……世上没有一对完整和公平的"老来伴"，总有一个人要牺牲更多，总有一个人要留下来孤独地走完余生，先病、先老、先逝的那一个，便是有福之人。现在，命运让你比你的伴侣长寿、健康，并且更久地保持着耳聪目明、手脚灵便，那么照顾他（她）吧，这是命运对你提出的要求，照顾比你先老、先病的你的爱人吧，照顾他（她），直到他（她）安然死去……这是我每每担忧父亲因孤独而病况日趋严重的内心怨言，事实上，这些焦急、焦虑甚而气急败坏的声音并未从我的胸腔里窜出，我知道，我没有权利对母亲这么说，那是她作为独立个体的选择，她有权主宰自己的生活。可是很多次，因为无法按时回家看父亲，我一边内疚着，一边自我安慰：倘若要牺牲，也不该牺牲年轻人的工作和生活吧？有时候参加了一场可去可不去的活动，我就愧疚得像是犯了罪，几乎想立即从活动现场拔腿逃回家。倘若我在享受生活的同时把父亲孤独地丢在家里，那样我就无法享受得坦然而心无芥蒂。而当我苦痛地创作着、劳累着，那么我会略感安慰，不是我不去陪伴父亲，而是我实在忙碌，我要工作……

可是，强烈的愧疚感还是如阵痛一般持续折磨着我。我自由着，却因亲人的不自由而愧疚；我快乐着，却因亲人的不快乐而愧疚；我尽情着，却因亲人的不尽情而愧疚……如此，我便不再自由，不再快乐，不再尽情，任何时候我都在想，我是不是在逃避责任？我是不是一个不孝顺的孩子？想得多了，便为母亲坚持要去上那份月薪两千元的班而在内心怒吼，为自己每时每刻的愧疚怒吼。

拖延了四个月，母亲终于不敌父亲每半小时一次的电话骚扰而辞工，全身心地回家做起了父亲的"老来伴"。这不公平的"老来伴"，其实只是母亲对父亲的陪伴，于她而言，这种陪伴与幸福无关，有的只是艰辛与压抑。可她必须陪伴他，谁让她是他的老妻？而在那些不知道什么时候即将到来的未来时光里，孤单的母亲由谁来陪伴？

我确定我会陪伴母亲，只不过，我不是她的"老来伴"，我是她的女儿。假如她将孤独地老去，那也是命运对一个长寿女人苛刻的安排，对此我无能为力，因为我也是女人，我也终将孤独地老去。这是我以不惑的年龄对未来悲观而理性的预见。

三、看病

母亲提醒我,下周该为父亲配药去了。其实我们都很清楚,目前为止世上还没有一种可以治愈AD的药,但我们不甘心不用药,每隔两周我要去一趟医院,那些叫作"盐酸美金刚片""奋乃静""阿立哌唑""石杉碱甲片""尼麦角林"的药名,我已能熟练背诵。

给父亲看病,辗转了五六所医院,最后停留在浦东精神卫生中心。首次看病是在2012年二月,那时父亲的病情还不算十分严重,只是记性越来越坏,经常"骑驴找驴"，鼻子上驾着老花镜，却到处找眼镜。做过的事一转身就忘记，过后还不承认是自己做的，同一个问题要问无数遍。周末我的儿子从寄宿高中回来，他会一百遍地关心他的外孙"坐公交车挤不挤？"男孩回答了外公九十九遍：没坐公交车，妈妈开车接我回来的。有几次，他竟指着十六岁男孩的背影问我：他多大了？现在念哪所大学？

他的外孙每个周末都会回到他身边，他却不知道这个孩子多大。再次上网查资料，父亲太过迅疾的记忆衰退让我不得不面对那些原本避而不看的病名，最后，我几乎逼迫着自己，去接受那个概率极高的可能性——也许，他真的患了AD。

我决定带他去看病，可他不承认自己有病，直至发生"核桃糕事件"。他终于开始怀疑：莫非，我的脑袋真的出了问题？他用一根手指戳着自己的太阳穴，表情沉郁而忧伤。

"核桃糕事件"，是父亲首次出现完全失忆的症状。那天他照例上午去公园，下午去医院重症监护室给外公送人参汤，然后是漫长的午睡，直到母亲下班回家。晚饭后，母亲发现我买回去孝敬他们的一大包核桃糕不见了，只留一张空袋子在桌上。母亲问他，他说：大概是我吃掉了吧。

大概？什么叫大概？那么大一包核桃糕，两三斤呢，全部吃掉？母亲吓坏了，她担心他吃坏肚子。父亲低下头，使劲想了想，又说，我记得是吃过的，不过，我怎么会吃掉那么多？不会吧？

母亲知道父亲糊涂，兴许放在某个角落，一转身忘了。可是稍后打扫卫生，却发现垃圾桶里躺满了一块块灰头土脸的核桃糕，它们和废纸、果皮、烂菜叶混在一起，奢侈地充当着即将被扔掉的生活垃圾。

母亲把核桃糕从垃圾桶里一块块捞出来，问父亲：老薛，你为什么把核桃糕扔掉？

父亲凑过去看了一眼，霎时惊呆了，紧接着，他开始不断地问自己：我怎么会扔掉的？我是怎么扔掉的？我是不是在梦游？

他一点儿都不记得是怎么把核桃糕扔进垃圾桶的，完全失忆，仿佛有人拿一块黑板擦在他的大脑中做过一次彻底的擦拭，他脑中的那块黑板因此呈现出一片洁净的漆黑。倘若说"骑驴找驴"的事也常常发生在健康人身上，那么把价格不便宜的食物扔进垃圾桶，这么触目惊心的浪费，只能是健康人在摆阔或者恶作剧。对于父亲来说，用花钱买来的食物充当恶作剧或者摆阔的道具，那是犯罪，他是连隔夜饭菜都舍不得扔掉的人。

那天晚上，他的情绪十分沮丧，他发现自己的大脑出现了瞬间的"失控"，却又无论如何想不通"失控"的缘由。第二天，他用焦虑和迫切的目光看着我，说：去看病吧，女儿……

初次就诊是在解放军411医院，神经内科。主任医生是一位轻度谢顶的中年男性，态度和蔼，说话轻声轻气。医生问了父亲一些问题，比如家住哪里？今天早饭吃了什么？昨天晚饭呢？家里有哪些人？等等。除了前一天的晚饭他不能历数吃了什么，别的都还准确。医生又问：一百减七是几？

他回答得不算慢：九十三。

医生又问：再减七呢？

他脱口而出：八十二，随即又纠正：哦不，是九十二。

那么再减七呢？医生继续问。他好像意识到自己哪怕答出来也是错的，便支吾着，自嘲般"呵呵"地笑。

医生意味深长地看了我一眼，我明白他的意思，这就是AD患者最初表现为智力下降的症状。去做个脑部核磁共振吧，医生说。

三天以后，我们带着父亲的脑部核磁共振成像再次去411医院。等待就诊时，看见一位排在我们前面的病人，正拿着自己的脑核磁片子请医生诊断，医生看过后确诊是AD，病人霎时红了眼圈，眼泪随即涌了出来。这一幕正好被推门进去交挂号单的我看见，慌忙退出。关上门时我悄悄瞥了一眼那位病人，是一位男性，看起来与父亲年龄相仿，略方的脸膛，面色干干净净，穿着亦是周正，深灰色夹克衫，驼色长裤，带书卷气的面容，并不十分苍老。我想，他应该是一名知识分子，兴许是中学教师，或者国企工程师，当然，他肯定已经退休，教师或者工程师是曾经的职称。倘若不是在神经内科诊室遇见他，我不会相信他是一个AD初期患者。他的言谈和情感反应那么正常，当听到医生确诊他患了AD后，他立即落下了眼泪……这完全不是我经验中AD患者的反应，可他确是一名AD患者。带父亲进诊室看病时，我多嘴地问了医生一句："刚才那位老先生，得了AD？"

医生点头，说现在得这种病的人越来越多，而且越来越年轻。可他怎么没有家人陪同？这是我的疑问，但不可以再问，医生无权把病人的信息或隐私告诉他人，我亦无权知晓。于是，这位陌生病人曾经的身世和如今的处境，成了我彼时的想象。

一个身患AD的老人，竟独自来医院看病，是因为子女没空陪他？老伴身体不好或者已经不在？会不会，他压根就没告诉家人他病了？他只是发现了自己的异常，就像我的父亲发现自己梦游似的把核桃糕扔进垃圾桶一样。我把他假定为一名知识分子，所以想必，他对AD有一定了解，态度也相对客观和理性。他怀疑自己患了这种病，却不想让家人担忧，于是独自去医院。也有可能，他不敢相信自己会得AD，倘若诊断结果并非AD，那又何必让家人白担忧一场？可是事与愿违，他的希望破灭了，彼时，哪怕他拥有再强大的内心，也无法让自己在听到确诊消息后继续保持平静，于是，他哭了……当然，这只是想象，我用想象替那位患者虚构了一段心路历程，事实上他心里怎么想的我并不知道，但眼泪是真实的，我清楚地看见泪水从他的眼眶里涌出。

处于AD初期阶段的病人，智能还基本正常，大多时候他是清醒的。可是很残酷，他必须以正常的心智接受自己即将不正常的现实。我相信，一位AD患者的眼泪，与癌症之类病人的眼泪不一样，同样是走向衰亡，普通病人是身体机能的衰竭，而AD病人却是智商和身体机能的全面衰竭，也就是说，他会变傻，渐渐地，变成一个什么都不记得、什么都没感觉、什么都不会的傻子。他没有能力体会身体的病痛和心灵的伤痛，似乎，这也算是一种无知无觉的幸福，但他同样不能体会快乐、兴奋、骄傲、惊喜、欣慰、温暖、舒适、满足、陶醉、疼惜、关心、呵护、思念，不能体会——爱。

这让我想起美国前总统里根，某一天，他向全世界宣布，他患了AD，他清楚地知道未来的自己将会变成什么样子，他将不再拥有足够的心智让自己活得有尊严，于是，他在还没完全丢失智能时做了一件永保尊严的事。他向全世界宣布，他很快就要失去心智、失去记忆，他将遗忘所有的爱，和所有爱他的人。

AD病人与普通病人的最大区别就在于，他们无法带着爱和尊严走到生命最后一刻。也许这就是那位在父亲前面确诊的病人哭泣的原因。我开始担忧，假如父亲听到自己被确诊患了AD，他会不会哭？或者暴怒？忧郁？一蹶不振？我该如何安抚他？

可是我还心存侥幸，我希望父亲并没有患AD，也许，医生将宣布一个令我们转悲为喜的结果……然而，仅仅过了二十分钟，我的希望就破灭了。看过父亲的脑核磁共振片子后，医生毫不犹豫地确诊，AD，没有丝毫悬念。虽然这本在我的预料中，但我还是感觉一种被突然射出的冷箭刺伤的疼痛，一种回天无力的绝望。

我怯怯地用眼角余光看向父亲，他坐在医生面前，脸上的表情一如既往的镇定，不知是反应不过来，还是被吓呆了。可是接下来，这个老头的表现却不得不让我对他肃然起敬。整个就诊过程，他始终保持着稳定的情绪，并且与医生探讨着这种叫作"阿尔茨海默"的病，从头至尾没有流露一丝悲戚情绪。他似乎还很了解这种病，知道患上此病不可逆转的必然结果，所以他理性地决定，不采用医生推荐的"干细胞移植"手术。

"干细胞移植"手术——我从未听说过这种AD治疗法，这个陌生的名称让我在减轻了心头的一丝绝望后又生出更多疑虑。医生说：这是近年开发的治疗AD的新型手段，通过干细胞移植的方法在患者的大脑里重新注入新鲜活跃的脑细胞……

医生的解释让我精神大振，我想象着那些新鲜活跃的脑细胞像一群欢笑的孩童一样蜂拥而至，它们闯进父亲那颗正被迅速蛀空的脑袋，然后，他那养老院般日渐死寂的大脑空间忽然变成了一所充满活力的幼儿园，那里传出一阵阵嬉闹、欢笑、游戏的声音，那是生命的欢腾之声、雀跃之声……

干细胞移植手术——我像溺水的人捞到一根救命稻草，当即要与医生签订住院合同，我要让父亲几近衰败的大脑在最短的时间内起死回生。母亲也支持我，她似乎更了解父亲不想动手术的真正原因，她劝父亲：十多万就十多万，治好了还是划算的，你身体健康，我还可以再上几年班，钱不就赚回来了？

母亲对她退休以后被聘用的那份工作念念不忘，她担心父亲一旦真的因AD而失去自理能力，她就必须整日看管他照顾他，再也不能去上班。也是母亲了解父亲的秉性，知道他不肯动手术的原因是怕花钱。这样我就更坚定了要做通他思想工作的决心，假如因为不肯花钱而放弃可能治好的机会，且不说作为女儿我如何对得起父亲，即便只是面对自己的内心，我都无法坦然和安然。

因为与我们意见相左，父亲整天闷闷不乐、愁容满面，严肃的表情使他像一名忧心忡忡的将军，因为要抉择一场大战役是否应该打响而寝食不安。而我，恰似他属下一名目标坚定却又无权做主的参谋长，不断进谏着关于他的身体健康和未来生活的科学性意见。他持续犹豫着，有时难以抵挡我的劝说，便勉强同意手术，可不到半天又宣布推翻先前的决定。几次三番，出尔反尔，我的神经被他揪得紧紧的，刚松口气，又来一个打击，反反复复。我劝他：爸爸，你担心什么？我们不缺治病的钱，你现在需要的是健康。

他的回答含糊其辞：你不懂的，说了你也不懂。

我是一个成年人，什么是我不懂的？不就是钱吗？为了打消他对钱的担忧，我向他承诺：手术费用我来付，不要你花钱，好不好？

我刚把这句话说出口，他就爆发出一声怒吼：你的钱不是钱？不要你付钱，不要你管！

自我长大后，父亲几乎没有对我动过怒，他信任我，不干涉我对学业、工作、婚姻等人生重大事件的任何决定，偶有意见相左，他亦是与我商议，最终大多也是认同我的安排。他的强势只针对母亲，他甘愿在子女面前做一个民主开明的家长，许久以来一直如此。然而这一次，他竟对我动怒了。我已很久没有遭受父亲如此态度的对待，委屈、伤心、惊异、气愤……一股五味杂陈的酸楚感顿时涌上心头。他居然说"不要你管"，这决绝的话让我几乎当场落下眼泪。假如他不是我的父亲，我何需如此操心奔波？日后他的病越来越严重，我做女儿的不管谁管？我简直要崩溃了，谁能替我抉择，是坚持动手术，还是听从父亲的意愿？我能绑架他上手术台吗？

僵持了两天，无奈之下，只能打电话给三姨和三姨夫，他们是医生，我想征求一下他们的意见。可他们不是神经内科专业医生，他们听说过"干细胞移植手术"，但诊疗效果不能确定。三姨夫告诉我一个普遍适用于不懂医学的老百姓的判断依据，一种比较保守的办法：假如这种治疗方法并没有被大多数医院广为采用，并且很少有显著疗效的报告，即便有，也是医院自己的宣传，而非病人的传播，那么这种治疗方法还需观望……

我还是不太甘心，如果新的医学技术没有经过千万例病人临床治疗的实践，怎么能进步、发展，乃至成熟？于是我又辗转于朋友、亲戚、同事、邻居等复杂到近乎无望的关系中，找到中山医院一位AD专家，咨询是否有必要做"干细胞移植"手术。专家答复：目前，世上还没有一种技术和药物能阻止AD患者丧失智能的脚步，我们所能做的只是延缓，微不足道的延缓。加强智能锻炼吧，也许会好一些。

我终于妥协。

知道我放弃，父亲高兴得像个孩子似的"呵呵"傻笑，而后小声自言自语：还是我自己说了算，还是我自己做主。

我一惊，霎时醍醐灌顶。这段日子他的挣扎抵抗，也许并非心疼钱，而是，他在争取某种权利，争取他的自由和自尊。对于他来说，做一个没有权利为自己做主的人，比患上越来越严重的AD更可怕，更不能接受。我却以关心他、爱护他、替他治病的理由强迫他接受我的选择，其实我的潜意识里，已经不再把他看作一个独立的人，一个有权利决定自己命运的人。AD病人也有尊严，而我恰恰忽略了这一点。

我开始调整自己的观念，我想，他需要我们的尊重，哪怕他把所有一切都遗忘的时候，依然需要。

那以后，父亲一边吃着一些事实上并无多少作用的治疗AD的药，一边与以前一样，上午去公园，下午去看外公，傍晚等母亲回家。他依然可以骑自行车，可以去菜场按照母亲的吩咐买回鱼肉蔬菜。虽然有时买贵了、买错了，偶尔还会买回臭掉的鱼或者烂掉的蔬菜，但也勉强能完成工作。有时候，那些菜贩子看这个老头糊里糊涂，成心糊弄他，而他对自己口袋里有多少钱，付出多少钱，找零多少，都是一笔混账。这一点恰是母亲最不能容忍的，这个财务工作者多年如一日地把家里的每一笔开销都入账，几乎做到分毫不差。每每轧不平账，她就责怪父亲连买菜这么简单的工作都做不好，帮不上忙还添乱……至此，她依然没有在心理上接受她的丈夫是一名AD患者，她从未对这种病有过直观的体验，她还是把他看作是一个常人，便总是对他发出作为妻子的唠叨。

三月阳春，天气暖和起来，父亲已经吃药一个月，病情却未见改观，依然是健忘，更糟糕的是，对母亲的猜疑开始变本加厉。也许是春天的原因，自然界的复苏使他脑袋里的病灶复燃了，他那些如肥皂泡一样正一个个破灭的脑细胞竟呈现出回光返照般的活跃。那些日子，他几乎认为母亲随时都在犯生活错误，只要她看一眼别人，他就要发出责难。每周四母亲都要去医院探望她的父亲、我的外公，他竟不允许她去，理由是：我每天都去医院送人参汤，我去等于你去，你爹爹不止你一个女儿，他还有别的子女……

他什么时候会计较这种事了？他是我母亲那个家族中的大姐夫，他从来勇于承担家庭责任，他的四个小姨子和两个小舅子是把他当成父亲之外的第二个男性家长的，他怎么可能计较照顾外公谁多谁少？

母亲气极而道：你要是躺在病床上，女儿不来看你的话，你会怎么想？我是做女儿的，我去看我爹爹，这有什么错？

如此一说，父亲又觉得有道理，可他依然不希望母亲去医院，母亲却坚决要去，最后他终于憋不住，说出了真正的原因。

外公所住的重症监护室，邻床老病人的女婿每周四都要去探望自己的岳父，也就是说，每周四的重症监护室开放时间，母亲去看望外公时，一定会遇到那个46床的女婿。他不让母亲去的真正原因,是不希望母亲见到那个邻床病人的男性家属。

上帝啊!他居然把一个毫不相干的人当成了情敌。

母亲哭道:你疯了吗?你是不是疯了?为什么要诬陷我、诽谤我,我是那么下贱的人吗?我只是去看我爹爹,你就这样作践我,我哪里对不起你了?

……

回忆依然让我感到伤痛至极,那段煎熬的日子,至今不堪回首。我不断在父母家和自己家之间来回奔波,每遇父亲吵闹得厉害,整夜无法平息,母亲只能打电话向我求救,我便连夜开车赶去七十公里外的父母家……在我心急火燎赶到并且闯进家门时,总是可以看见那样揪心的一幕:黯淡的灯光下,父亲佝偻着身躯把自己窝在沙发里,仿如一个被妻子伤害得体无完肤的懦弱男人,正以自虐的方式独自消受着他自己才能体味到的绝境。而当他抬眼看向我时,我立即发现了他憔悴的面容,以及忧伤的目光……

他终于决心把积郁在内心如一潭沼泽般的苦难向某个人倾诉了,哪怕这个人是他的女儿,哪怕他原本是多么爱面子的人。哪个丈夫能容忍自己的妻子是一个道德品质败坏的女人?他支支吾吾地"透露"着母亲的诸多往昔

"罪证"，说到伤心处，竟哽咽起来。倘若是别的听者，一定会同情他，乃至为他感到愤怒和屈辱。他一直活得忍辱负重，几乎是一辈子了！我想，他内心就是这样的感受，真切到无法察觉是自己病态的虚构和幻想。然而，他这种"真实"的感受却让健康的我无法认同，亦是坚决不愿意为哄他高兴而同意他对母亲品质的质疑，那样岂不是伤害母亲？我只能好言相劝，正面疏导，可是我的劝导显得那么力不从心，他发病的大脑让他认定了他所提供的证据确之凿凿。在他眼里，我成了偏袒母亲、包庇母亲的又一个背叛者，他又一次被伤害了，我不相信他的话，女儿的不信任，更是令他痛不欲生。

母亲那一边，亦是被父亲的无中生有、近乎污蔑的怀疑伤透了心。而他怀疑母亲的所有举证，都是那么丑恶、凶险，几乎是电视连续剧里最恶俗的男盗女娼的情节，这一切，他都按在了母亲身上。母亲被他气得生不如死，有几次半夜跑出家门，在大街上独自徘徊着，给我打电话……

这也是AD的症状吗？我几乎怀疑，父亲得的不是什么AD，而是另一种让我更觉恐怖的病。他的健忘并不算太严重，可他显得那么不正常，他捏造了很多故事按在母亲头上，那些故事里，母亲就是一个彻头彻尾的坏女人，而勾搭她的男人就是他所认识的所有男人中印象比较差的那一类。46床女婿、隔壁种花老头、饭店里的大厨、多年前母亲服务的一家装潢公司的老板……当我历数这些被他编排在故事里的男人时，我近乎为他感到悲哀至极。他是否连一丝自信都没有了？他为什么要把自己看得那么低贱？假如世上的任何一个男人都有可能夺走他的妻子，那么他是如何度过他的青壮年时代的？他是怎么拥有一子一女的？他是怎么把自己的老妻留到七十岁还没有离开他的？他怎么能如此妄自菲薄而自怜自哀？他可是我的父亲啊！

事实上，在我的记忆中，他们的青壮年时代，父亲是从不示弱的，更多时候是母亲听从于他，他们是典型的男主外、女主内的格局。当年的他是那么帅气、自信，他很少在子女面前流露阴郁的表情，他让我们的四口之家常常飘出歌声和欢笑声，在我眼里，他是一个强大的男人，一个有能力保护妻子和子女的大男人。可是现在，他近乎猥琐地追踪着他的老妻，时刻怀疑着陪伴了他四十多年的老妻的品行，原本那个强大的男人在他的躯壳里隐没无踪，他成了一个被不贞的妻子迫害了一辈子的悲苦男人。

我无法逃避下去，我必须承认，父亲的精神出了问题。

四、精神障碍

父亲在电话里对我说：女儿，我要和你谈谈。

我说：爸爸，明天我就回家，明天和我谈吧。

他惊喜道：明天？那你到不到我这里来？

我笑说：你要是不让我去你那里，我就要流落街头啦! 你就收留我吧，爸爸!

他似乎很高兴我有求于他，慷慨答应：那你来我这里吃饭嘛……

他对时间已经没有概念，我离家才三天，他却认为我走了一个世纪；他嘴上唤着我"女儿"，却遗忘了作为父亲与女儿相处的一贯方式；他用对待一个好久未见的亲戚的口吻与我说话，内心又盼着我这个亲戚去"他那里"，好让他与我谈谈某些隐秘的话题。他说：你来了，我要和你谈谈，有关我的工资卡、退休金，我在想，那些钱，得转到我名下……

他忽然开始费心他的钱了？从来，我们家的经济由母亲这个财务大臣管理，父亲不需操一丝一毫的心，他只管赚钱。也是母亲的善于理财，使他没有任何机会拥有私房钱。我和弟弟常开父母玩笑，说母亲是财务处长，父亲才是董事长，财务处长只管账，要花钱还需董事长签字。父亲总是大度地笑答：你妈身兼二职，董事长和财务处长都是她，我不要钱，你妈有钱等于我有钱。

父亲不经手钱，所以他吝啬于钱的特点很少显山露水，倒是母亲，我从小记得她对钱是多么较真。那时候，他们的收入相对于我和弟弟的成长，自然显得捉襟见肘，她必须计划着开销，才能把日子过得稍稍顺当。她的持家理念中最重要的一条就是，必须有积余，天天亏空的日子，早晚会堕落到一穷二白。事实上，对家庭财务的规划，母亲还是比较尊重父亲。她从不乱花钱，任何一笔小钱的付出都有账可查，要花大钱她也总与父亲商量。

父亲似乎更乐于做一个身边没钱的人，也很少有花钱的欲望，比如请朋友吃饭，买礼物送人之类，从来没有，所有花钱的机会，都以家庭的名义出面。也就是说，他个人从来不参与请客吃饭之类砸钱的活动，即便有，也不是他请客。他也从不以个人名义送礼物给别人，包括每年的节日给老家的亲人寄钱，也是母亲安排，连商量都不需要，寄出后向他报告一下即可。这也成了母亲常常自我标榜的有力依据，以她的话说：要是换了别的女人，怎么肯主动给你乡下的阿哥阿姐寄钱？人家男人都要瞒着老婆悄悄塞钱给家里人的……母亲自始至终善待着父亲的亲人，可她是一个需要不断被给予肯定、鼓励以及赞美的家常女人，她希望丈夫看到她付出的一切，要知道，父亲这样一个赤手空拳来上海打拼的外地穷人，娶到一个如此贤惠的上海老婆，实在是应该感恩戴德的。

这是母亲作为上海本地人无处不在的优越感，时至今日，她的优越感依然莫名存在，也许她不曾认真想过，当一个"外地穷人"成为她的丈夫时，她更需要顾及他在家庭中的自尊。这也是我长大以后常常思虑乃至对母亲稍有不满的地方，因为我的血管里，流淌着一半"外地穷人"的血液。

父亲的老家，应该说，也是我的老家，是江苏省张家港市（原名"沙洲"），上世纪九十年代之前，那里只是长江边的一个小县城，父亲就出生在沙洲的一个小村庄里。因为贫穷，他在十六岁初中还没毕业那年就辍学，只身来到上海谋生。倘若当年他没有离开老家到上海来，那么毫无疑问，他将成为一个脸朝黄土背朝天的农民，也许会在二十岁左右娶一个农村老婆，然后生下一两个"农二代"或"农三代"……而她，却出身于富庶的大家族，来自原生家庭的教育让她从一而终地施行着一些古老的规矩。几十年了，她从未遗漏在每一个年结给婆婆寄钱，婆婆过世后，就给伯父和姑妈寄钱。她很主动，亦是发自内心而非形式主义，但需要父亲不断夸赞，倘若他对她的贤良视而不见甚至无动于衷，那么她就必须要自夸了。

毫无疑义，父亲的确为拥有这样一个妻子而自豪着，在老家亲戚面前，他的老婆很给他长脸。然而对于生活习惯和行为细节，他却做不到百分之百符合母亲的要求。我就不相信，在他与一个上海女子成家之前，他会天天洗脚，天天换袜子，以及每周洗一次澡，不可能。于是，他开始改造自己，在妻子的督促下，不厌其烦地改造自己。他改造了几十年，终于把自己变成了一个貌似有着良好的文明卫生习惯的城里人，可是即便他每天洗脚换袜子，母亲依然不肯轻易放过他。那是他们两人本质的差别，亦是母亲不肯忘记，她在丈夫面前是有着显然的门第优越性的。她常常带着调侃的语气嘲笑他是乡下人抑或外地人，并且把父亲老家和自己娘家的悬殊差别拿来开玩笑。她带着夸张的语气说：

"结婚那一年，我第一次跟你爸回老家，哎呀，你奶奶和你二伯一家，住的是三间草棚棚啊！床上铺的也是稻草，晚上根本睡不着，寒风'嘘——嘘——'地从窗缝缝、墙缝缝里刮进来，吓死人了！"

"我们刚到老家，门口就围了一大群村里人，来看西洋镜。我叫你爸拿出上海带去的喜糖分给大家，你爸小气得来，只拿出一斤装的一袋。你奶奶发糖，哎呀呀，更小气了，每人只给一粒……"说到这里，母亲总会"哈哈哈"地笑起来，那些她自认为是宽容与谅解的笑声，在我听来，却尽是回忆与对比带给她的满足感。抑或，父亲的感觉与我一样？

当年，父亲的二哥，我的二伯父常与我们家通信。每次收到来信，母亲总是一边念，一边取笑二伯的字难看并且错别字连篇，兴趣来了她还会数一数通篇有几个错别字。后来有了电话，不用写信了，母亲还会经常提及乡下来信的笑话："你二伯的信，念来要笑死人的，有一次他在信里写，请弟媳帮忙买两条'杜丹'牌香烟。上海不产'杜丹'牌香烟的，只产牡丹牌香烟好不好，哈哈哈……"母亲一如既往地发出充满优越感的笑声，父亲则既不表示反感，也不表示赞同，只淡淡地一笑而过。

母亲一直认为，她对父亲贫穷的出身以及缺少文化知识的亲人已经十分包容。然而在我眼里，她的这些美德，却因她在父亲以及子女面前对贫穷的老家毫无芥蒂的调侃而折损。其实我知道，母亲并非不真诚，而是城里人的优越感使然。她从不认为这种带贬低意味的调侃式回忆是否会伤害父亲，她只认为自己的付出是需要传颂的，她下嫁父亲毫无疑问是某种牺牲。那么，父亲是否对此感觉受伤害？我试图了解这一点，然而，我确是从未见过他对妻子无所顾忌地评论他的老家和亲人有任何异议与不满。

我想，父亲其实一直是感激母亲的，但自尊使他不表达这种感激，也或许，这种感激的背后，是亏欠。当年的父亲，就是一个如现在所说的"凤凰男"，他到大都市谋生，举目无亲、赤手空拳，娶一个城里老婆，却因自己的贫穷而无法建设一个衣食住行基本齐全的小家庭，是妻子的娘家提供了他的婚床家具乃至代步工具——一辆永久牌自行车，甚至分发给亲友的喜糖，也是用妻子的积蓄买的。他时刻不忘提醒自己,要做一个有能力、有才干、有路子的人,他的担当必须远远超过他的小舅子和大舅子们,那样他才有资格在妻子面前站直了腰说话。

母亲是她姐妹兄弟七人中的大姐,父亲是大姐夫,我和弟弟出生后,几乎成了外公外婆家的孩子,舅舅姨妈们围着我们转。大舅曾经开玩笑把弟弟叫成"张薛峰",而弟弟也被"教唆坏了",有一次回沙洲老家过年,大伯问四岁的弟弟:你叫什么名字?弟弟响亮地回答:张薛峰。大伯当即表示不满:怎么姓张啊?奶奶听了可要不高兴咧,我家弟子又不是招女婿。

大伯的小弟,我的父亲却在一边笑眯眯说:哪有,户口本上没有"张",小孩子瞎说的。

诸如此类的往事,母亲都会玩笑般说给长大一些的我们听。我总以为,父亲不置可否的态度,只是不屑与母亲计较,他内心亦是不介意这种取笑,自家人,相互取笑几句,活跃家庭气氛而已。

然而父亲发病以后,对母亲苛刻到不可理喻的表现,以及他忽然提出要和我谈谈有关钱的问题,这让我忽然意识到,也许几十年来母亲对他的家庭出身流露的鄙视态度,以及母亲对经济的全权掌控,让他积累了一大堆

"屈辱"记忆。那么多年了,对母亲的调侃他总是报以一笑,他又总说自己不需要钱,不爱管钱。现在想来,那只是他依然坚强的内心要求自己必须表现出足够的修养和气度,事实上他很可能隐忍了一辈子。记得小时候,父亲勉励和鞭策我和弟弟时,说得最多的一句话就是"吃得苦中苦,方为人上人",现在,我终于有些理解这句话对他的意义了,也明白为什么他发病的起初,更多表现为精神症状,而非仅仅认知衰退。

　　说实话,我很不愿意写下带父亲去医院看精神科的那一段,我害怕那种感觉,无助、恐惧、压抑、暗无天日……就像当时我试图逃避承认父亲的确得了精神疾病一样,我不敢去面对。那时候,我甚至连一个可以坐下来商议的人都没有,弟弟远在海南工作,母亲更多时候是在叹气和哭泣中不知所措,而旁人的一个建议:去看精神科啊!说起来容易,可我该如何送他去?如何让他看见"精神"两个字不掉头就走?我几乎不敢想象,那是一件多么难的事。他对有关"精神疾病"的说法极其敏感,敏感到时刻保持戒备和抗拒。我从未对他说过要带他去精神专科医院看病,可他好像有着先知先觉的特异功能,他向我们宣布:你们以为我得了精神病?精神病院那种地方,没病的人也会看出病来,我是决不会去的。

看着父亲因精神折磨而在短期内迅速憔悴消瘦的脸，我狠狠地想：是啊！爸爸，我不能告诉你，你的确得了精神病，你不愿意承认，可这是真的！

这是我永远无法说出口的话，我只能对自己默默地说：父亲自己不能面对的一切，我必须替他面对。

那一个雨中的深夜，电话铃声忽然惊破我寂静的创作。母亲又一次打电话向我求救，父亲发病了，他认定他的妻子在与他结婚前就背叛了他，她欺骗了他一辈子，今天他要坚决挖出她腐烂的老底，他不让她睡觉，逼她交代她的腐败行为……母亲电话里的哭诉已经语无伦次：我过不下去了，还不如死掉算了……我对着话筒叫喊：不要，不要走出家门，不要和爸爸争吵，不要有任何行动。等我，等我回家，我马上回去……

挂下电话拔腿跑出家门，漆黑的天破漏一般倾倒着滂沱大雨，午夜，这个午夜我必须赶回七十公里外的父母家。坐进汽车，狂跳着心启开发动机，轰鸣声霎时响起，雨刮器疯了一般飞速左右摇摆，却无法阻止如瀑布般倾泻到挡风玻璃上的雨水。看不见外面的世界，巨大的雨声笼罩着整个世界，汽车如沉溺于激流一般，眼前只有混沌与渺茫……上帝啊！我该怎样回到父母身边？我不敢开车，我不敢在迷失的视线中踩下油门。

叫出租！我跳出汽车，跑到小区门口。雪亮的车灯迎面射来，一次次在我的扬招下停住，司机却一次次拒绝了我。雨中半夜，没有人愿意跑那么远，即便我哀声恳求。遭到五六次拒绝后，终于等到一辆出租车，司机竟是与我同住一个小区的居民，他看我眼熟，好心的人答应拉我去浦东。两小时后，我终于从杭州湾赶到父母家。

闯进家门的那一刻，我感到我的容忍已经到了极点，我再也不能忍受父亲的无中生有、无端捏造。每一次的好言相劝都无济于事，我不想再那么"客气"了，于是，我对着父亲发出了最残酷的叫嚣：为什么要这样折腾？为什么要胡思乱想？你把我的母亲说成是那样的女人，假如你不是我的父亲，我会和你拼命，拼命揍你！因为你侮辱我的母亲。你侮辱她，就是侮辱你自己，因为你娶了一个这么烂的老婆，你让这么烂的老婆为你生了一对儿女。既然她一向品质败坏，你以前为什么要容忍她？你早干什么去了？你是那么好欺负的人吗？老了，七十岁了，你才想起要翻旧账了？好啊，还来得及，离婚吧，不要和这个烂女人一起过日子了，如果我妈的确是那样的女人，你就和她离婚吧！

母亲号啕大哭的声音从卧室传来……从不会对父母无礼的我前所未有地说出了这般尖刻的话。父亲沉默着，也许是终于意识到自己的确出了什么问题，在我的一番怒斥之后，他抬起头，沮丧和悲哀的目光看向我：女儿，你是不是觉得爸爸的脑子有问题？爸爸会对女儿撒谎吗？

我依然毫不留情地大声告诉他：假如你认为你说的那些事都是真的，那么我觉得你的脑子的确有问题。

他脸色铁青，无语，然后，绝望地垂下头。我知道，我的话说得实在太重了，但我并不认为我说错。可是父亲痛苦得头也抬不起来的样子，又让我觉得应该为适才伤人的出言做一下弥补。沉默了片刻，我放软语气说：爸爸，你还有什么不满意？你的老婆其实一辈子对你忠心耿耿，你的儿子和女儿都很好，工作努力，赚钱不少，他们非但不啃老，还总要给你钱花，要孝敬你。你住着宽敞的房子，你日子过得那么好，什么都不用发愁，为什么还要瞎想那些没有的事？爸爸，从小到大，我一直以你为家庭创造的一切骄傲，我还写过一部长篇小说，叫《我青春的父亲》，写的就是你啊……

昏暗的灯火下，我忽然发现他的眼角有泪渗出，而后，我听见了哽咽声，他哽咽着说：对不起，女儿，对不起，是爸爸不好，你不要把爸爸的坏写进书里，我伤害女儿了，对不起……

这是一次伤彻心肺的谈话，那个夜晚，我把最尖锐最伤人的话说出来了，此刻的记录让我重新体验了一遍当时的感觉，依然是伤心，以及恐惧。我害怕，害怕过那样的日子，害怕半夜三更赶去父母家一路黑暗中的大雨，害怕看见昏暗的灯火下父亲病态的青色面容，害怕听见母亲的哭声，害怕听见自己对亲人说那么凶狠的话，害怕我的肩膀承担不起亲人的健康，乃至生命……可我必须承担！

那天以后，父亲的情绪有所好转，似乎，他在试图自我改观。很好，我想，我的恶语相加总算产生了一点效果。可是好景不长，没过半个月，暴风雨又来了。没有必要再复述那些暴风雨的起因和过程，每一次都相似，都是他虚构了妻子所做的某件没有时间地点，亦是没有具体细节，却令他难以启齿的往事。他被自己的虚构打击得遍体鳞伤，每一次都要逼到我飞车赶去充当调解员。

他真的病了，病得很严重，必须去医院，去看精神科，我决定了，绑着他也要去。可是，就我和母亲，我们怎么做才能让他走进门牌上写着"精神"字样的医院或者诊室？谁能帮我，替我把我的父亲"绑"到医院去？

四月的一个艳阳天，我借口带父母去植物园看牡丹花展，做好了骗他去看病的计划。我们在植物园与先行到达的我的闺蜜燕子汇合，一起看完花展，再带父母去上海第七人民医院。三姨帮忙联系的一位精神科大夫，她的同学，正在医院等候我们。我告诉父亲，我们只是去咨询一下医生记忆力衰退的问题，他将信将疑，但没有拒绝。

谢天谢地！第七人民医院精神科门口标牌上"心理咨询"四个字写得很小，父亲没戴老花镜，他应该看不清楚。还有，燕子很敬业地不断与他聊天，分散了他的注意力。我暗暗祈祷，只要能走进精神科诊室，接下去就好办了。

他的确顺利进入了诊室，然而，在医生发出一番心理问题询问后，他忽然察觉到我们和医生有事先串通好的嫌疑。为什么医生的问题每一个都像是冲着他的经历而提？为什么会问他关于妻子忠诚与否的问题？

我的确把父亲的一些症状事先告诉了医生，因为在外人面前，他总是掩饰自己，他不可能对医生说出与母亲之间的诉苦。医生的询问虽然婉转，但依然被这个敏感的老头发现了。事实上，我并不清楚医生究竟问了他什么，我只听见两个问题，便不敢再留在诊室。我想，也许医生单独和他谈话效果会更好。

从诊室出来时，父亲的脸上布满了惊惧和愤怒。母亲想去扶他，他甩开手，恶狠狠地看了她一眼，头也不回地朝医院外快步离去，仿佛正逃离一所随时有可能囚禁他的集中营。

医生告诉我，他的确有幻想症状，但隐藏得很好，轻易不暴露，属于典型的完美主义性格，一般很难被发现有病……我问：那现在怎么办？医生说，我开了药，吃了会好的，回去吃吧，每天一粒，一个礼拜后看效果，再决定是否增量。

取了药出医院大门，燕子已经陪同父母等在车里。我刚走近，燕子就冲我一边使眼色，一边说：爸爸讲了，今天的药，他不吃，我刚想给你打电话叫你别配药了呢。

我说：为什么？已经配了，很便宜的。我依然以为是钱的问题，与此同时，我听见坐在车里的父亲厉声呵斥：不吃！扔掉！给我扔掉！

我不敢再说话，沉默着发动汽车，沉默着一路开回了家。父亲铁青着脸进了家门，我在门外把药和药单偷偷塞进母亲包里，然后进屋，扶着父亲的肩膀说：爸爸，那些药你不想吃就扔了，不吃就不吃，只要你开心……

他不理我，只一副横眉冷对的面目。我想再劝说几句：爸爸……他忽然怒吼：不要再忽悠我，以为我真的脑子有病？不要你管！滚，给我滚！

一阵抽搐般的疼痛，眼泪汹涌而出。我不再说话，转身出门,钻进了汽车。我准备逃跑了,启动汽车前我对母亲说:你在爸爸面前批判我,说我不好,说我做错了事,你要站在他一边,博得他的信任,然后想办法让他把药吃下去,就说是高血压的药……

我和燕子上了回杭州湾的路,我逃走了,把母亲独自留在家里对付发病的父亲。我忍受不了那种气氛,忍受不了他那张脆弱与强悍交织呈现的扭曲的脸,我受够了!为了想办法带他去看病我几乎殚精竭虑,还让燕子从遥远的杭州湾赶来帮忙。现在他却把我视为敌人、骗子,他叫我滚。好吧,我滚,我无法在他不信任的目光中继续待下去,我只能逃走。我只祈祷母亲能顺利让他把药吃下去,我祈祷他不要再这么折磨自己,折磨我们……

我逃跑了,我以为一出家门我就会冲燕子狠狠地哭一场,她一路跟随着我和我的父母,她和我一起经历了与我父亲为伴的整整一天,她知道我是怎么"对付"他的。她也这么"对付"了他整整一天,她替代我与父亲聊天,每一句话都想着如何让他高兴,随时观察他的情绪以防他突如其来的发作,小心翼翼地躲避医院里所有写着"精神"字样的标牌……我从没有因为父亲的病在人前哭泣过,因为我不想在并无亲历感受的人面前流下令人尴尬的眼泪,我不愿意接受他人隔靴搔痒的安慰和同情。

可是今天，燕子知道了，她看到了，所以我想，我要在她面前大哭一场。

事实上我没哭，一滴眼泪都没掉，当我发动汽车逃离父亲，当我开上回杭州湾的高速公路，当汽车把父母的家甩得越来越远，另一种情绪越来越紧地揪住了我的心。我还没来得及哭，内疚和担心已经完全覆盖了痛哭的欲望。

母亲终于成功地让父亲把药吃了下去。很奇怪，父亲一边质疑着母亲的品性，一边又极度信赖她。第二天母亲在电话里告诉我，给他吃药时，他说：女儿配的药我是不会吃的！

母亲说：那药我扔掉了，这些不是女儿配的。

他接过母亲递给他的一把药片：这是什么药？什么作用，你每一样都要告诉我。

母亲一一指点：这是治记忆力差的，上次小佩佩（三姨的小名）给你配的，已经吃过两个礼拜；这是治高血压的，你都吃好几年了；这是儿子买的深海鱼油，软化血管的……

他的智力已经无法让他搞清那些药的名称和剂量，可他依然做出一副明察秋毫的样子：你把药的说明书给我看。

母亲拿出一大沓说明书,她知道他看不清那些小得像针眼一样的字。他的确看不清,只是做做样子,然后在母亲递给他一杯水后,吞下了所有的药片和药丸。

母亲说:我是不会撒谎的,骗他吃药的时候心都要跳出喉咙了,要是被他识破怎么办?还好,他吃下去了。

我知道,其实父亲求医的心情十分迫切,但他深深记得我曾经说过他"脑子出问题了",便时刻防备着,担心被我们当成"精神病人"送去医治。自此,他不再信任我,对我的"怀疑"持续了很久。每次回父母家,到了吃药的点,倘若母亲正好在忙碌别的事,我去伺候他,他总是拒绝,说话却客气:你不知道应该吃多少,你会搞错的,等会儿让你妈给我吃吧。

药都是我去医院配回来的,我怎么可能不清楚他应该怎么吃、吃多少?他不相信我,但他相信他的妻子,一个被他疑为"品质败坏"的女人,他幻想中"一生都在背叛"他的女人,他却对她有着无限的依赖。

服用精神类药物两个星期后,父亲渐渐减少对母亲的怀疑,直至一个月后,他竟完全忘记了那些曾经狠狠折磨过他的"妻子的作风问题"。那以后,他越来越视妻子为天下最亲的人,他愿意让她每时每刻陪伴着他,午睡时也要她坐在身边。那些把他伤害得体无完肤的虚构故事，在一个月后，从他那不再健全的大脑中完全消失了。

我终于为父亲不再与母亲吵闹而感到一丝欣慰和庆幸，然而问题又来了，他在忘记那些想象出来的故事的同时，也忘记了更多需要记得的事，那些最基本的日常诸事。

午睡起来，找不到卫生间的门了；晚上就寝时问母亲："我应该睡在哪里？"；躺在沙发上对着天花板絮叨着旁人听不懂的话，仿佛在和某个无形的灵魂聊天；忽然想到要去单位里领工资，要不会被别人冒领掉；又说，昨天上街遇到老同事吴金福（发音），事实上那几天他根本没出过家门……

他几乎在梦游，抑或记忆突然倒退，停留在若干年前的某一天，那天他上街遇到了一位叫吴金福的老同事……这种记忆和现实混乱交杂的状况常常发生，偶尔，他的思维会突然变得清晰，吃饭、睡觉、呼唤母亲、呼唤我，与我的儿子他的外孙简单聊天，但聊天内容，不涉及时间、地点、名称等重要线索，那些他几乎完全说不上来。我和母亲商量，要多多带他出去散步，让他接触人，与他说话，并且反复加固，他才不会把身周诸事遗忘。

十月一日，母亲带父亲去晨练，慢跑时，父亲被一块凸起的石头绊了一下，不慎摔了一跤。当时并未感觉异常，很快爬起来，接下去的行动也还自如。可是第二天，他开始一瘸一拐地走路，脚踝和膝盖弯内感到疼痛。去医院检查，X光片显示并无骨折，医生诊断是扭伤，配了一些活血药和止痛药就回了家。那一个星期，父亲无论如何不肯下地走动，连尝试一下都不愿意。他不再如年轻时那样坚强，主观上也缺乏求好的积极性。又一个星期后，红肿略微消退，疼痛少许好转，两周以后，他终于下地，靠着拐杖和旁人的搀扶走动起来。

母亲扶着父亲缓慢走出家门，他边走边转着脑袋四顾周遭环境，忽然诧异地问：这是哪里？我们为什么在这里？

这一日，他终于忘记了他的家，他发现眼前是一个完全陌生的地方。母亲惊恐地问：你不认识了吗？这是我们家啊！

他一脸茫然：我们家？我们什么时候搬到这里来的？

母亲说：你在这里住了十八年了！

他仿佛听不见母亲的话，却由衷地赞叹：房子倒很不错，比我们家的好。

母亲着急了：这就是我们家啊，你还记得吗？这里是我们的小区，这条水泥道是女儿回来时停车的，车道边的月季花，是你亲手种的……

他依然什么都想不起来，好奇的目光和惊诧的表情无不显示着他的记忆正走进一片陌生的领地。他忘了多年前他花了几乎一辈子的积蓄置了这套房子，忘了这是他的家。是的，遗忘，他现在的生命特征就是遗忘。我不敢想象，哪一天他一觉醒来，忽然不再记得我们，不记得他的妻子，他的女儿，他的儿子……

五、父亲的"家"

从早春二月到金秋十月,父亲日趋严重地显现出AD患者的症状,大块大块地遗失记忆,忘掉了自己的家,忘掉了大多数亲友,甚至忘掉了最亲密的家人。母亲问他:你的外孙,大名叫什么?他怔怔地看着他的老妻,面露羞愧之色。母亲又问:那么小名呢?平时总是叫小名的。他依然目瞪口呆,片刻,喃喃道:真抱歉,我记性太不好了。母亲便不忍再问下去。可是一转眼,他冲着放学后跨进家门的外孙脱口叫道:喽喽!

他并没有忘记那个孩子叫"喽喽",只是,他好像无法明白喽喽与"外孙"之间的关系。

为了不至于衰退得太快,母亲把烧水的工作交给他做。他十分尽责,站在煤气灶跟前一步都不走开,直到水开,灌满热水瓶,然后叫一声"水冲好了"……可是十月的那天早上,母亲出去买早点,让他坐在炉子前看管一锅正在煮的稀饭。等到母亲回来时,稀饭早已开了,泡沫溢出锅子,淌入灶眼,他坐在跟前一步都没离开,只是睁着眼睛熟视无睹,思绪早已从脑壳里飞走……我关照母亲,不可以再让他接触煤气和火有关的一切。

那天带他去小区里散步,一出家门,他就对自己身在何处再次感到困惑不已,又自我解释:大概是刚搬来没几天,我还不认得路。

我指着院子外面的花园说:爸爸你看,那里有一棵无花果树,是你种的。

他犹疑着:无花果树?嗯,是我种的,不过,怎么长这么大了?我种的时候这么小。他抬手比了一个高度。

他的记忆似乎缺漏了最近这十多年的生活,但也不是一无所剩,而是前后混淆。我说,你当年种的是一棵小树,十年过去了,小树长大了。爸爸你看,还有那棵蜡梅、那棵桂花树,都是你种的。那棵樱桃树还小,去年夏天你张家港的哥哥，我的伯父送给你的，你拿回来就种下了，现在长高了一点点。

他终于想起来：对对，我从乡下拿来种下的，樱桃，樱桃好吃口难开，哦不，不对，应该是，樱桃好吃……他想不起那句话该怎么说，我替他补充：樱桃好吃树难栽。

他咧开嘴大笑，笑自己把"树难栽"说成"口难开"，那种笑，几近天真无邪。

我指着十米之外的另一棵巨大的桂花树说：你还记得吗爸爸？国庆节时，你和妈妈在那棵树下摘桂花，回来做糖桂花，装了一玻璃瓶。

他看着桂花树，目光茫然：是吗？糖桂花，是这棵树上摘的吗？

我便带着他走到那棵有着很大的树冠的桂树下，我们站在树下的浓荫里，桂花清甜的香气弥漫身周。我说，爸爸你闻闻，香不香？他擤了擤鼻子：真香！

我折了一小枝桂花，插在他外衣胸前的纽扣缝里，他低头看着我替他插花枝，眯眯地笑。

我就这样带着父亲，在家门外的小路上慢慢走着，我不断和他聊着我们家的人和事，试图让他想起他在这所房子里的十多年生活，哪怕想起一丁点儿也好。可他实在想不起来多少了，往事在他大脑里就如风吹日晒的照片，不断消退着色影，一切物事都以分秒的速度消隐着，不知哪一天，就会变成一张没有一丝痕迹的白纸……

忽然感到鼻酸，扭头看父亲，他正跟在我身后慢慢走着，东张西望，一脸紧张和疑惑。他胸口的外衣纽扣缝里，那枝缀满茂密的浅黄色小花朵的桂花，在一个正丢失记忆的老人的鼻息下，散发着没心没肺的甜醉芳香。

弟弟终于回来了，独自从海南飞回了上海。他的妻子没和他一起回来，我知道，他想静静地陪父亲几天，他不想让父母感到有人时刻在分享着儿子的爱。

之前一天，我们已经告诉父亲，他的儿子要回来了。他表情木讷，基本没有反应，然而第二天傍晚，他就开始一遍遍问，儿子什么时候回来？我说早着呢，等一会儿我会去机场接弟弟的。母亲说，你睡吧，睡一觉醒来，儿子就到家了。

他乖乖地进卧室躺在床上，可是十分钟后，他又起来了，颤颤巍巍地走出卧室，问：儿子还没回来？

弟弟刚给我发过短信，航班延误，原本晚上九点半的飞机，现在还没公布登机时间。我说：飞机在海口还没起飞呢。

他又回卧室躺下，接下来，他不断地起床，躺下，再起床，不断地问儿子什么时候回来。母亲问他：想儿子了是不是? 他点头，说：好几年不见了，儿子大概要不认得我了。

母亲说：哪有好几年? 五一节不是回来过吗? 儿子不可能不认得你的。

他对时间的认知已经完全混乱，对亲人的思念却并未消失，这让我心里隐隐温暖。我说：爸爸你去睡吧，等一会儿我接弟弟回来，到家就告诉你。

他点头，像一个要求大人实现许诺的孩子：那，回来了一定要叫醒我哦!

我发誓：放心爸爸，一定叫醒你。他这才又回去睡了。

初秋的午夜，虹桥机场2号航站楼接机大厅，凌晨一点十五分，大屏幕终于显示海南飞达的航班已落地，正在跑道滑行。接机口没有多少人，我站在寥落的人群中翘首以盼，等待那个高高的、帅帅的男人，我的弟弟。

自从父亲病后，我一直"坚强"地操持着所有属于子女应该做的工作，隔一段时间打电话给弟弟汇报父亲的病况。一度，弟弟因为父亲的病而犹豫是否要辞职回上海工作。我当然劝他不必这样做，因为，父亲与母亲的身边，还有我。这么对弟弟说的时候，我十分骄傲于自己能独当一面，不仅是体力的消耗，还有决策、外事公关、全家人的情绪控制，是的，情绪控制，在对疾病无能为力的当下，我努力想让所有人的情绪保持良好。母亲毕竟年纪大了，有时候她坐在电脑前玩游戏，或者看电视连续剧，看着看着忽然开始吸溜着鼻子哭起来。问她怎么了？她竟如少女般落着委屈的眼泪，赌气似的说：不开心！

我知道她不开心，我也不开心，可她依然心存侥幸，总是问我，吃了一段时间药了，怎么没有起色？我反复提醒她，要做好越来越差的准备，因为这种病没有特效药可治。她似乎很难接受这样的现实，我便只能用这种病不太费钱来安慰她：比起XX伯伯（我们家的老邻居）得了肾衰竭，每个星期要做两次血透，大把大把花钱，随时有生命危险，我们比他幸运多了……

她立即反驳我：这是不一样的！

我当然知道不一样，一个肾衰竭病人哪怕危在旦夕，也知道身边的亲人给予他的温暖和爱。而我的父亲，他将日渐地漠视一切，漠视每天陪伴他的老妻，甚至未来的某一天，他将无视她的存在，无视他所有的亲人，她将无法与他交流情感，她的付出将得不到他的任何回报，哪怕一个爱意的微笑。母亲说：讲良心话，我是什么好的都留给他吃，茶饭送到他嘴边，伺候到家了吧？可他这个样子，一点都没有指望了……

这是一个无法深入探讨的话题，如果这么想，我的母亲将活得痛苦至极，我只能对她说：我们一定得准备好接受那个必然的结果，他会忘记我们为他做的一切，将来还要彻底依仗我们的帮助才能活着。

母亲明白道理，她只是情绪低落，需要诉苦。我这么一说，她就狠狠地吁了一口气，仿佛要把淤积在心头的污秽倾囊而出。我知道，她的痛苦与我的痛苦，有着更多的不同。他是她的丈夫，她与他之间并非仅仅责任关系，更多的是情感关系，他是她这辈子唯一有过最亲密的交流的人，倘若父亲真的有一天完全失智，母亲更多要忍受的是情感上的痛苦，她将失去一个与她共同面对世界的人，这个人曾经可以让她敞开心扉、袒露怯懦。这些痛苦远比我和弟弟所要承担的一切复杂得多。

我没有任何办法阻止这一切的发生，只能用某种可望的远景安慰母亲：妈，你要保重身体，尽量把心态调整好，不要在情绪上拖垮自己，你要健健康康的，将来你就和我住在一起，我们以后还有很长的开心日子呢。

母亲点头，她明白我的意思，而我，却在说出这些话后感到愧疚不已。扭头看父亲，他呆呆地坐在沙发上，目光茫然。他没有听见我和母亲的对话，或者听见了，却并未把听觉神经接收到的信息传达至大脑。我不能确定他那渐渐蛀空的脑子里还留存着什么，可他还能坐在沙发上发呆，还能独立上厕所，能自己端起碗往嘴里扒拉饭，偶尔发出一些逻辑混乱的指令，很多时候还会说上几句充满哲学思考的话语，比如某一次母亲为烧焦了糖醋鱼而自责不已，他突然冒出一句：没有一个人是完美的，犯错很正常。我和母亲惊异相视，扭头看他，他却兀自坐在沙发上，目光凝滞于某个不明所以的方向，看都不看我们一眼。还有一次，我的高中同学来探望他，他是早已忘了这位同学姓甚名谁，我们聊天时他也一直保持着沉默，可是就在我们说起某件学生时代的往事时，他忽然开口：人与人之间，就要这样诚恳相待才好……

他常常让我们忽觉惊喜，以为他的病开始好转，或者只是一场误诊，他患的并非AD，只是一般的老年精神障碍，于是诱发他再说一些什么，却又完全文不对题了，我便知道，他一瞬间的"智慧"，只是依然流淌在他血液里的世界观与价值观的无意识流露，而非判断之下的发表意见。更多时候，他像一个刚到学龄期的儿童，正学着用成年人的目光假装深刻地看待世界，长远的未来正等着他……然而事实并非如此，他不是儿童，他是一个身患AD的老人，我甚至不敢直言，他的未来还有多长的路。就在适才，我与母亲许诺，未来我们一定会有很长的开心日子，我知道，父亲不在那段开心日子里，我没把他安排进这个属于未来的故事里。我为自己对母亲说那样的安慰话而感到难过，以及心酸，可我必须承认以及接受那个不能逃避的未来，那个无法抗争的现实。

为此我常常感到身心疲惫，并非完全因体力耗费，更多是精神的乏力。可是我必须给所有人安慰，安慰病父，安慰虽然身体还算勉强健康心情却已陷入绝境的母亲，还要用轻描淡写的语气告诉任何一位关心我们的亲朋好友，我们挺好的，事情没那么糟糕，我能对付眼下的一切，我精力充沛，我坚强成熟，我有足够的免疫力，我们不需要麻烦别人……当然，我还得安慰自己，幸好我相对自由的职业让我有更多可控时间，幸好我已经在三年前学会开车，幸好我还拥有足够的勇气和能量……这么想的时候，我便给远在海南工作的弟弟发一个消息，或者打个电话，把父亲的病况告诉他，然后追加一句：打个电话回去安慰一下爸爸和妈妈吧。

其实，每一次给弟弟发消息或者打电话，都是我自觉脆弱到无以复加的时候，我希望他能给予父母更多安慰，在我无能为力的时候。我亦是明白在外打拼的人的艰辛，生存并不容易，做一番事业更不容易。可还是在奔波烦劳到无能为力时焦虑烦躁，便生出一丝对弟弟的怨意。上帝啊！父亲不肯去精神科看病时，弟弟要是在就好了；父亲把母亲折磨得半夜徘徊街头时，弟弟要是在就好了；我要外出开会、出差时，弟弟要是在就好了……我做不到每天守候在父亲身旁，我就悄悄在心里怨他没有守候在父亲身旁。可我更清楚地知道，他不是一个不负责任的男人，他也并不是没有守候过父亲。

五一休假期间弟弟回来，正是父亲精神症状最严重的时候，他陪伴了父亲一个星期，又飞回了海南。他回来的这一个星期，我躲在杭州湾写小说。本来要陪伴父母参加表弟的婚礼，可是父亲发病去不了，又因他时刻"盯"着母亲，母亲也无法去。便决定，母亲留在家里陪父亲，由弟弟代表全家去参加婚礼。

弟弟独自去了那场宏大而喜庆的婚礼，他在众多亲戚七嘴八舌的问候中无数次重复父亲的病情，他必须为父母不出席如此重要的婚宴活动做出解释，他还需颔首微笑与好久不见的亲友招呼寒暄谈天说地……终于在宴席上坐定，可以与三姨、三姨夫静静地、轻声地探讨一下父亲的病，他们都是医生，在所有的亲友中，他们对父亲的病情最了解。三姨夫的话里满是忧虑：我看他的核磁共振成像，要不了一年，就会不认得家里人了……

弟弟从杯箸交错、灯红酒绿的婚礼现场逃了出来，彼时，眼泪快要忍不住从他四十岁大男人的眼睛里涌出来。他的脑子里全是父亲，那个即将把他这个儿子忘掉，把所有亲人忘掉的老头。我在安静的家里接到他的电话，他说：姐，我坐不下去了，太难过了……

我和弟弟从小感情很好，我们在同一所小学和初中毕业，我比他高一级，初中毕业后我直升本校高中，一年后他考上交大附中，外出住宿上学去了。那以后，我们总是几年一轮地交错陪伴在父母身边，不再同时常住家里。

后来，我在小说里把我们出生和长大的那个小镇叫"刘湾"，在那里，我和弟弟是两个"著名"的孩子，我们浑身充满了活蹦乱跳的文艺细胞，我们在小镇那个弹丸之地出尽了风头。排演话剧，我和弟弟一定是同时参演的主要演员，多半他是男一号，我是重要的配角。我们还配合演相声和独角戏，说学逗唱，他负责"说"和"逗"，我负责"学"和"唱"。弟弟的学习成绩好得有些离谱，并未见他刻苦用功，却总是独占鳌头，我这个相比之下的差生总要响应来自各方面的向他学习的号召。三十年后，当我成了一名作家，母亲偶遇小镇老邻居，说起那两个曾经"著名"的孩子，老邻居大惊失色：薛舒当了作家？不是薛峰吗？

在所有人的印象中，弟弟是个天大的大才子，一切出乎想象的令人惊艳的成绩只能发生在他身上，而我，只是那个从小学四年级开始个头就比他矮，学习成绩始终比他差，才干能力没他出众，长相评分没他高的"薛峰的姐姐"。

当时母亲是我们小镇上最先进、最潮流、最高科技的电器商店的负责人，用现在的话说，叫商场经理。父亲在六公里外的县城一家国企上班，我还很小的时候，那家企业叫作"上海工农电器厂"。他并无一官半职，却很能"赚钱"。所谓赚钱，就是在别人都拿着一份死工资的年代，他却致力于"投机倒把"，偷偷来往于横沙岛、小洋山岛和上海之间，进行贩鱼的"违法"活动。后来他尝试着自学油漆技术，成为我们小镇以及方圆百十公里内首屈一指的油漆匠。当时，他通过这些"走穴"活动，的确小赚了一些钱，使我们家成为小镇上为数不多的拥有沙发、电视机、录音机的时髦家庭。八十年代初，他花了一笔巨款——498元，为我买了一架百乐牌120贝司手风琴。那一年，他的月工资不满一百元，那架手风琴是他半年的工资。

我们家是多么有钱啊！——这是当年那个叫薛舒的

少女为拥有一个会赚钱的父亲而发出的感叹。现在我依然要感慨，另一个感慨——那时候的我们家，是多么好的一个家啊！

我无法用别的词汇描述这样一个家庭，我只能用"好"来表达那种祥和与顺畅。父亲和母亲太普通了，普通到没有任何成就可言，他们只是拥有一份被小镇人认可的好工作，他们最杰出的贡献，就是生养了两个孩子，并且家庭和睦、衣食无忧。

在我童年和少年的记忆中，父亲是无所不能的，他是家里的水电工、木工、油漆工；他还是我们的家庭医生，母亲以及我和弟弟得了什么小毛病，他都能用自己的办法给我们治好。他似乎什么都会，脑子灵活，有胆略、有见识，母亲甚至说过这样的话：跟着你爸出门，口袋里没有一分钱也不怕。

他的确是一个"强大"的男人，在我的记忆中，他从没有"示弱"的时候，甚而强悍，强悍到令童年的我常有挫伤感。在我稍稍懂事以后，我开始害怕跟他一起出门，因为他总是像一只好斗的公鸡，对所有的怠慢和不公平抱以激烈的反击。出门游玩或者走亲戚，十有八九他会与商店营业员、饭店服务员吵架，或者与途中的路人甲、路人乙发生冲突。他为自己和家人据理力争的吵架王形象令我在每一次举家外出时忧虑重重,哪怕吵架过后他展现一脸胜利的笑容告诉我们"公平和权利必须自己去争取",或者"人不犯我、我不犯人"之类雄辩的理论,我依然感到缺乏安全感。可是于他而言,那是家庭经营的一部分,他所有的精力都付诸这个家庭了,那是他的"事业",一生的事业。

成年以后,再度回忆往事,我发现,父亲的强悍其实更多是一种自我保护。"不能被城里人欺负",这是一个从外地农村只身来到上海的乡下少年记得最牢的生存道理。直至成家,他更是要求自己保护家人,不让家人受欺负。自我保护意识过于强烈,使他像一只张开浑身尖刺的刺猬,随时准备还击来犯的天敌和猎人。在我和弟弟长大到有反驳他的能力和勇气时,他开始在我们面前自我批评,并告诫我们不要学他,他坦言,自己的脾气已经改不掉了。内心里,我想,他是更希望自己不被时刻都在进步的子女淘汰和蔑视,便竭力想要改观自己,一边又无以逃避地重蹈覆辙。似乎,好斗的脾气是上天赠予他的礼物,他无论如何抛弃不了这与生俱来的性格。

AD病发后,我更是发现他那些精神症状的表现,其实是他性格缺陷的病态化大爆发。年轻而健康的时候,他对自己多少有着文明、优雅、修养的要求,可是他老了，他病了，他潜意识里最恐惧的灾难开始露出嘴脸。他担心什么？什么就发生了；他害怕失去什么？什么就危在旦夕了；他一辈子都在防备什么？什么就凶险地显现了；他介意自己的公众形象是什么样的？所有曾经与他"道不同而不相为谋"的人都成了他的敌人……他的幻想症、怀疑症、吝啬症、强迫症、焦虑症，全数来自他那些最本质的世界观和价值观，以及隐藏在行为言论背后的隐性真我。

父母必定会被成长起来的子女淘汰，但子女怎会蔑视自己不完美的父母？我和弟弟，我们从不曾蔑视父亲，甚至从来不曾有过一丝对他"不敬"的念头。他在我所有的文字描述中都是一个开明的父亲，他给予我们的馈赠远远大于他性格缺陷带来的负面影响。他没有封建家长专制作风，他甘于在子女面前示弱和认错，他尽力给我们更多自由思想的空间，他有意识地对子女进行音乐艺术的投资和培养……可他自己，却从不参与娱乐活动，于他而言，修身养性是浪费时间的奢侈品。他有一副好嗓子，他喜欢听听戏、哼哼曲，却从不将此发展为业余爱好。除了这个家，这个由他与一个妻子，以及一对子女组成的家，他一无所有。

初秋的午夜，我开车行驶在上海中环高架路上，副驾座上坐着我那从海南飞回的弟弟，这个与我一样已然不惑的孩子，我们正向着浦东方向飞驰，那里有我们的家，我们的父亲和母亲。我们一路探讨着父亲的病，探讨着父亲病态背后的真实内心，探讨着我们童年记忆中某一件与父亲有关的往事……凌晨两点，我们到家了。母亲一直没睡着，听见汽车开至家门口的声音，便迎出门来。我们的父亲，那个正在丢失记忆和智力的老人，竟也不用任何人叫醒，在儿子到家的那一刻忽然就醒了。母亲迎出门时，他起床了，并且自己穿起了衣服，穿得有些慢，分不清内外衣，分不清正反面，直到我们拖着行李进屋，他还没穿好。

后来在母亲的帮助下，他才穿戴整齐地坐在了客厅的沙发上。这个凌晨，我们家也许是整个小区里唯一灯火通明的住户，全家人都在，父亲很满足，精神很好，他静静地坐着听我们说话，足足坐了一个多小时。

令我略感不安的是，弟弟进门问候父亲，他说的第一句话是：儿子，我在这里打工呢。

我和弟弟面面相觑。以前他常常把自己替母亲打下手干家务活叫作"打工"，他是记忆混乱，还是以玩笑的方式答复儿子的问候？可他的表情却是严肃而正经，不带一丝戏谑。

母亲说：这几天他老讲自己在这里上班，我告诉他这是我们家，他不相信，还问什么时候送他回家⋯⋯

两个星期前，父亲开始不认得这个家，他不知道客居何处，为什么好多天都没人想到要回家，他带着自尊的表情承认：这房子的确很好，但不是家，住在这里不踏实。

我让母亲拿出房产证给他看，我说：爸爸你看，这房子的产权是你的，你的名字，清清楚楚地写着呢。他戴上老花镜，看了很久，才似信非信地说：真的？哦，那我就放心了。可是一转眼他又忘了，又开始抱怨"那张床不是我的，睡在上面不对劲"；"那么多房间，我都不知道从哪里走出去"；"我在这里干活挣的工资，叫他们转到我卡里"⋯⋯我们只能一次次给他看房产证，他反复确认，又反复遗忘。有一天，他忽然用忧戚的目光看着母亲，哀哀地说：我要回家，送我回家吧——

他要回到他为之付出一切的那个家，那个属于他的真正的家，可我们无法送他去，他的家留存在他的记忆残渣里，成为一个虚无的梦想。那会儿，我真的很可怜很可怜这个苍老的孩子，一个回不了家的孩子。我找不到更准确的词汇表达我的"可怜"，不是同情，不是怜悯，而是，真的是，可怜。

为了帮助他确认这里是他的家，弟弟开始回忆我们经历的每一次搬家：最早的时候，我们住在小镇的南街，一间十七平方米的小房子，那时候我还很小。后来我们搬到西街的平房，有两个房间，外间吃饭，里间睡觉。搬进鱼店隔壁的三层楼时，我应该上幼儿园，可是那一年爸爸出车祸受伤，在床上躺了好几个月，我就在家陪爸爸，趴在床边的桌上画画……再后来，小学三年级，我们搬到了百货商店的四层楼上，我们家有一个阁楼，还有通向屋顶的天窗，夏天的晚上，我们爬上屋顶去乘凉……

弟弟向父亲娓娓道来时，我在心里默默地计算着，我们家一共住过六处不同的房子，唯有现在这套房子是产权房，写着父亲的名字，之前的五处都是租赁房。可他不承认这所写着他名字的房子是他的家，他破碎的记忆让他穿越时光，回到了往昔的某一段岁月。我不知道他记得的家，是那些狭小的租赁房中的哪一所，但我知道，那个家里的父亲，一定是年轻、健康、强悍的父亲，强悍到让他的子女不由地产生些许挫伤感。

六、大花园

为了陪伴父亲,弟弟打算在家里多住些日子,可是到家后的第二天早上,他就遭到了父亲的"质疑"。

父亲起床了,他颤颤巍巍地走到卧室门口,忽然发现,一个陌生男人正坐在他家客厅的沙发上。他怔了怔,发现男人冲着他露出了一个他完全不能理解的微笑。他顿时紧张起来,扭头问母亲:那个人,是谁?

母亲亮着嗓门告诉他:那是你的儿子啊!

可是眼前这个一米八零的大男人,分明是个陌生人,怎么会是儿子呢?他垂着眼皮沉默了一会儿,似乎在寻思如何与那个陌生人寒暄几句。片刻,他抬起头,脸上堆起笑容,开始与不请自来的"陌生人"闲聊起来:你,在哪里工作?住得远不远?要坐很久车吗?飞机?哦,谢谢你大老远来看我,那今天是赶不回去了,晚上住哪里呢……他把儿子当成了一位来串门的客人,他与他客套寒暄,一次又一次婉转地催他回去。

这一个白天,父亲非常礼貌地陪伴在"客人"左右,不识相的客人却迟迟不肯回家,搞得他实在是劳累辛苦。

晚饭后,母亲伺候父亲洗漱完,准备上床睡觉。他站在卧室门口朝客厅张望,伸手指着正在电脑前工作的弟弟,轻声问母亲:那家伙,今夜不打算回去了?他想住我们家?

母亲问:哪个家伙?

父亲慌忙伸手到嘴边:嘘嘘,别让他听见,就是那个家伙啊!他再一次指向那个可疑的"陌生人"。

母亲第N遍重复告诉他:那是你儿子啊!儿子回家看你,当然住自己家了。

父亲便一脸疑惑地说:我只有一个儿子,现在怎么多出一个儿子来了?

母亲急了:怎么会多出一个儿子?你就这一个儿子,

他是特地回来看你的，儿子回家陪你，还给你钱花……

父亲低头"沉思"着，目光依然犹疑，片刻，语气凝重地说：既然他来认父母，那我们暂且认下来，不过，不要收他的钱，千万不能与他有经济往来，免得麻烦……

天！他居然这么"聪明"，对那个自称是他的儿子的来访者，他始终没有放松过戒备。他甚至那么"狡猾"，想想吧，一个陌生人，为什么要假惺惺地唤他"爸爸"？显然是骗子！以为他记忆力差，容易受骗上当，事实上他早已识破了他的勾当。对付骗子，他有着足够的胆略和计谋，他不去打草惊蛇，他还对骗子抱以虚假的接纳，最关键的是，不接受骗子的金钱馈赠。他深知那些为了占小便宜导致巨额钱财被骗的案例，他才不会那么"傻"呢，他坚守的底线和原则就是，杜绝与一个假冒伪劣的"儿子"发生任何金钱往来。

母亲哭笑不得，只能喊弟弟：儿子，你过来，来让你爸爸认认清楚！

弟弟进到父母的卧室，弯下腰，对坐在床沿边的父亲说：爸爸，你看看我，我是你的儿子啊！你还记得吗？在我五岁那一年，你出车祸受伤，躺在床上不能动，那半年多，我就待在家里陪爸爸，所以我没上过幼儿园小班，后来直接进了中班……

父亲似乎释然：对啊！这事倒是有的。谢谢，谢谢你特地来看我啊！说着"呵呵"假笑了几声，而后掀开被子钻了进去，不再搭理弟弟。他是笑给这个自称是他儿子的"陌生人"看的，他要麻痹这个"骗子"，他不想让"骗子"知道他已经识破他，他也不想当面拆穿骗子的勾当，因为他还要保护家人，以及自我保护……

一个个新的早晨来临，父亲起床后一次次重新面对住在家里的"陌生人"，一遍遍重复那些问题：你做什么工作？家住哪里？坐车要多久？飞机？哦，那今天是赶不回去了……

弟弟便在他的提问中几百遍地告诉他：爸爸，我是你的儿子，我是薛峰……

每每听到这个陌生人强调自己是他的儿子，他便把目光转向母亲求证，母亲点头证实：是的，他是我们的儿子。

他便在不曾释怀的疑惑中重复他艰难的思索，并且自言自语：哦哦，哦——那，还有一个薛峰呢？

母亲再是一百遍地告诉他：就这一个薛峰，你的儿子，就是你面前的这一个。

父亲想了想，又说：薛峰是我的儿子，在我受伤的时候陪我的那个,不是这个……

他不相信眼前的陌生人是他的儿子,他的记忆库没有保留住成年儿子的形象,现在他脑中的儿子,是很多很多年前,那个很小的小男孩,那个在他出车祸受伤后陪伴在他病床边的孩子……

那时候,小镇唯一的鱼店隔壁,有一栋三层居民楼,那个小小的家就安顿在最高层的一套两居室内。白天,母亲上班去了,女儿上幼儿园去了,家里只留下父亲和五岁的儿子。父亲因为车祸受伤躺在床上不能动弹,儿子就趴在床边的方桌上静静地涂画着坦克、军舰、枪炮……躺在床上的父亲喊:喝水。儿子便爬下凳子,端起床头柜上一个有嘴茶壶,颤颤巍巍地送到父亲口边。父亲就着壶嘴吮吸了几口水,而后对儿子笑了笑:画什么了?爸爸看看。

儿子放下茶壶,拿起桌上的画片,展开在父亲眼前。父亲用他侥幸未受伤的手拿起一支铅笔,在儿子的画片上吃力地涂鸦了几笔,一把驳壳手枪跃然纸上。儿子开心地拿起画片去桌边临摹了,父亲放下铅笔,微笑着昏昏睡去……

那个孩子才是薛峰,那个孩子才是父亲的儿子,那个孩子和他的姐姐一起坐着父亲开的车去动物园,去著名的乔家栅点心店吃生煎包和小馄饨,那个孩子最怕父亲叫他帮忙杀黄鳝、杀田鸡,那个孩子是一个父亲认为太过文绉绉的孩子,父亲试图以杀黄鳝、田鸡来锻炼儿子的胆量……那个孩子,才是父亲如今的脑中确凿无疑的儿子,而不是眼前这个成熟的、高大的、会给他钱花的男人。

他的记忆退回从前了,他对眼前的高大男人毫无印象,他面对着成年的儿子,想念着脑中那个幼童的儿子……

弟弟回家了,带父亲去"专业医院"看病的任务交给了他,我便心安理得地躲在杭州湾的蜗居写小说。那几天,弟弟考察、咨询、对比了好几家医院,最后带父亲去了位于浦东源深路上的那家"专业医院"。

所谓专业医院,就是"精神卫生中心",也是诊治AD的专业医院。我十分、十分不愿意把它叫作"精神病院",可它的确是"精神病院",选择源深路上这一家,就是因为这所医院有AD专家门诊。

在父亲还没有严重失智时,我是无论如何不敢带他去"精神病院"就诊的,对于初期患者来说,进这样的医院看病,恰是一种无情的精神摧残。因为他还有能力辨别是非真假,他尚存的智力告诉他,这是一个"关押"精神失常者的地方。中国的医生似乎大多没心没肺，问诊时不太注意照顾病人的心情，父亲又是一个相当敏感的人，自尊感和危机感会让他加倍产生抵触与防备心，并且会对带他去看病的家人失去信任。我已经尝到过带父亲去看"精神科"的艰难，为此他差一点与我决裂，所以我们只是辗转于长海医院、中山医院之类综合医院，始终不敢跨进专业医院的门。现在，父亲差不多已经不认得自己的家，不认得弟弟，偶尔会不认得母亲，我想，现在带他去专业医院，他大概已经不明白那是一个什么地方，也不会感到受伤害了。

父亲的确不再关注挂在医院大门口的那块白底黑字的标牌，那些斗大的字已无法进入他的大脑，为此我们都悄悄松了口气。可是挂号等候时，周围那些患者显然的发病状态却令人心惊。有的哭闹，有的嚎叫，有的甚至是被捆绑着抬进来的。而那个老专家的助手，一名年轻的医生，似乎缺乏起码的专业素养。弟弟带着父亲进入诊室时，他正在向老专家叙述另一位病人的情况：那个老头子，先前怀疑老婆在外面"轧姘头"，后来又怀疑钟点工偷钞票……

他并不介意别的病人在场，他的描述那么直接，言语中还带有侮辱性词汇，虽然所指并非父亲，但AD患者的症状很多相似,倘若父亲能听懂这些话,他一定认为专家助手说的就是他。并且,医生可以这么说别的病人,为什么不可以在任何时候也这么说眼前这位病人?

这让我想起我青春年少、草长莺飞的岁月,那时候,我已经开始蠢蠢欲动着要谈恋爱。父亲似乎看出我有男朋友了,于是有一天,他像一名公司招聘面试官一样把我叫到面前,提出了一大串问题:对方学历、家庭出身、姐妹兄弟、经济状况,如何如何……迂回了十多个问题后,他终于鬼鬼祟祟地吐出了他最关心的问题:家里人,身体都健康吗?要是不深入接触,是看不出的,所以,最好,彼此要坦诚相告……

我一脸茫然:相告什么?

他想了想,进一步做出不得要领的解释:健康是第一位的,这会影响你将来的生活,还会影响到子孙后代……母亲在一边实在憋不住,抢过话头说:上次XX伯伯的儿子,和他大学的一个女同学谈恋爱,谈了半年,知道女同学的爷爷有精神病,他马上和女同学吹了……

我终于理解了父母对我未来归宿的"最基本要求",那就是,不允许婚姻一方有精神类遗传病家族史。

然而现在,父亲被我们送到精神病院来看病,那么自尊,那么敏感的一个人,倘若是三个月前,倘若他能听懂这位专家助手的话，哪怕他尚存一丝判断力，他怎能容忍自己变成一个被人描述得那么猥琐的"精神病人"？

我知道，对于医生来说，每天都要面对那么多病患，倘若每时每刻都要小心翼翼地说话，那他一整天的上班就会劳累不堪，更何况医院里拥挤着无数比父亲更严重的病人，几乎没有人公开质疑医生的言语，也不曾见到有人向医生提意见，要求给予病人以及家属起码的尊重，包括我。并不是我们同意以及接受医生对病人缺乏尊重的言论，而是，我们已经诚惶诚恐，因为亲人的病，我们已经无力顾及这些，我们只要看上病、吃上药，就已经谢天谢地。自从父亲病后，我是实实在在地体会到了那种无能为力，那种惶惶不安，那种随时准备为上帝突然降临奇迹而感恩戴德的心情。我们无奈地把医生当成了上帝，我们不敢对上帝提任何要求，只要上帝还允许我们做他的孩子……

幸好爸爸已经听不懂那些话，要不真不敢带他去看病……弟弟说。

是啊是啊！幸好爸爸已经听不懂那些话……因为感同身受，我对弟弟的话理解无误。可是当我们情不自禁地发出庆幸的感慨时，我却为使用了"幸好"这个词而心酸不已。我们的庆幸，是为父亲终于失去了判断那是一所

"精神病院"的能力，我们可以顺利地带他去看病而不遭到他的反抗。可是我们带他去看病的目的，是希望他不要那么快地失去这种判断力，我们希望他尽可能长久地保住智能，甚而有所进步、渐渐好转。可是当我们终于可以带他去专业医院看病时，他已经不知道，这所医院正是他曾经极度排斥而逃避的地方，他终于失去了那种判断力，我们却为此感到庆幸……在这样的悖论中，我们终究是要失望的，我知道。

复诊时，我特地从杭州湾赶回浦东，和弟弟以及母亲，一起陪父亲去了那所专业医院。

那是一所简陋狭小的医院，童年时代我就听大人提起过它，那时候，它在人们口中不叫"精神卫生中心"，它有一个特殊的称谓——张家楼，只要提到"张家楼"，所有人都心照不宣，以至于这个普通的地名最后演变成"精神病"的代用词。

三十年前，我总是把大人们提到的"张家楼"想象成一座寂静而幽深的大花园，花园的大铁门必定是紧锁的，门把手上咬着一条粗重的铁链。站在铁门外面，透过密集的铁栅栏，可以看见大花园里的一隅风景。那里绿树成荫，白石堆砌的假山在阴郁的天光下白得惨淡，住在大花园里的人们把自己的身躯如同绿色颜料般融进浓稠的绿荫，变成一些不可捕捉的绿影子。那些影子里有两个美丽的女人，她们的名字，一个叫"周璇"，另一个叫"杨丽坤"，或者可以叫她们"马路天使"和"阿诗玛"。如此美丽的灵魂，隐没在那所叫作"张家楼"的大花园中，"张家楼"在我的想象中，便格外神秘妖娆起来。

对"大花园"的想象和向往，源自母亲曾经对我讲过的一些真实片段。母亲的堂姐是上海第一精神病院的一名护士长，"文革"期间，那所大花园里经常会住进一些因受到冲击而精神失常的著名人物。当年，年轻的护士长因为亲自护理了阿诗玛的扮演者杨丽坤而深感骄傲。每逢休假回家，护士长总会给她幼小的堂弟堂妹们讲那所大花园里的故事。后来，母亲在对孩童的我转述那些故事片段时，总会补充几句自己的见解：做啥也不要去做精神病院医生，和脑子有毛病的人混在一起，自己也会不正常。我看红娟阿姐就有点毛病了，那天伊扑在井台边吊水，足足吊了一个钟头，只因为每次吊上来都不满一桶，有时半桶，有时小半桶，她就一次次把水倒回井里，再重新吊。脑子有毛病伐？

彼时，小小的我脑海里立即浮现出那样一幕：瘦高个的堂姨妈像一根弯曲的竹竿一样趴在井台边，留着齐耳短发的脑袋几乎探入井口。她像一只上了发条的啄米鸡一样朝着井里有节奏地一扑、一扑，她手里提着一根绳子，绳子顶端的那只铅皮桶因为始终没有装入足够重量的水而无数次轻飘飘地撞在井壁上，薄薄的桶身因此布满瘪坑……

小时候，我是见过那位护士长堂姨妈的，她瘦高、单薄，似乎平胸，有一张始终充血的红脸膛，长一双细长的单眼皮眼睛，年纪不大已经满头斑白，说话节奏极快，且语音语调缺少起伏，话又极多而重复，听来令人困意遂起……她在我脑中总是以吊水的形象出现，动作机械而重复，如蹩脚的动画片。

小时候，我也听外婆哼唱过一度被禁的《天涯歌女》，那是属于外婆那个年代的青春浪漫爱情；我还听母亲哼唱过《马铃儿响来玉鸟儿唱》，那是母亲少女时代的潮流音乐，比起外婆的《天涯歌女》，更明媚欢快，却因过于正面而显单薄，少了一些暧昧的调情意味。然而两首不同年代的歌，旋律的美妙动听却是不分高下。

我无法把那么美的歌与做着机械吊水运动的护士长联系起来，倘若堂姨妈的"脑子有毛病"是被她所护理的阿诗玛或者马路天使传染，那么我在电影里看到的美好笑容和听到的美妙歌声，又能藏匿在那所大花园的哪个角落？于是，我小小的心眼里生出了一个强烈的愿望，我想去那所我想象中的叫"张家楼"的花园看看。

三十年后,当我踏进那座曾经想象的"大花园"时,我却发现那里并不是什么花园,连小花园都算不上。

那是一所很小的院子,也许只有两个篮球场那么大,院里有几栋与周边的高楼落差很大的老房子。西南角的二层小楼是门诊区和办公区,小小的候诊厅仅两洞挂号付费的小窗,取药窗口只一洞。小厅底部是一排雕花木门,门外有一个幽深的天井,那里大约永远照不到太阳,碧绿的苔藓布满墙壁和青砖地,天井一角爬着一棵遒劲的紫藤,稀疏的藤叶泛着垂老的微黄。通往二楼的木扶梯边钉着"测试室""化验室"等指示牌,二楼的木栏杆油漆成朱红色……这栋木结构小楼,过去也许是一户家底不薄的私人住宅,作为一所医院,它显得太小,但环境还算幽雅。然而,因为它特殊的身份和职能,那种幽雅,却让我生出凄凉之感。相比之下,院子西北和东北侧的病房楼略新,只是沉重粗壮的铁栅栏锁闭着每一扇窗门,一眼看去,触目惊心。这里的气氛,便是连凄凉都不是了,而是,残暴。至此,我才知道,张家楼并非堂姨妈当年工作的那所医院,而童年的我,一意孤行地把上海的所有精神病院都想象成了一座叫"张家楼"的大花园。

弟弟排队挂号时，我和母亲陪着父亲在院子里晒太阳。站在院中可以看见医院大门外车水马龙的大路，以及路对面的源深体育场。下午一点的光景，那座巨大的白色建筑里正在举行一场运动会，是某所中学的秋季运动会，我听见广播里解说员的声音朗朗传来：高中组一百米预赛马上就要开始了，请运动员到径赛处报到……我还听见一些喧嚣而稚嫩的呐喊声：加油！加油！

一街之隔的这一边，布满铁栅栏的医院里，我的父亲微微佝偻着身躯站在太阳底下，他的老伴，我的母亲在一旁扶着他。我们听着五十米外的体育场里传来的生机勃勃的呐喊声，阳光暖暖地照在矮矮的墨绿色冬青树上，冬青树的后面就是病房，一方一方由铁栅栏挡住的窗户里，穿竖条纹病号服的身影绰绰闪动。他们一律理着极短的头发，不管男女，他们面色苍白，目光迟钝，他们有的呆躺在白色单人床上，有的以缓慢的步伐挪动着笨拙的身躯……

透过铁栅栏的窗户，我一间间病房探看着，我想看看那些失去自由的人，看看他们在里面过着什么样的生活。我试图看清竖条纹病号服上的每一张面容，那些脸上写着什么样的表情？我想知道他们是快乐着，还是痛苦着，抑或麻木着……然后，我就看见了那张试图挤进铁栅栏的脸。

第四扇窗户，一张年轻男人的宽阔的脸赫然呈现。那张撒着稀疏胡子的方形脸廓，正艰难而努力地朝铁栅栏的间隙里钻，他试图把自己镶嵌进铁条之间，一次次挤，一次次徒劳而退。也许是累了，数十次努力后，那张脸放弃了，贴住栅栏再也不动。可他没有离开，他扑在窗前斜眼看着外面，仿佛在搜寻视线范围之外的风景，似是循着发出"加油"的呐喊声的方向。一街之隔的马路对面，那座巨大的体育场里正在进行一场运动会，他静静地听着，张着嘴，呆滞的脸上有笑意，机械的、毫无灵动感的笑意。他无声地傻笑着，在铁栅栏里面。而我，就站在离他三米远的冬青树边，可他对我视而不见，他始终斜着视线，仿佛要用目光把那些呐喊声里的自己找出来……我愿意这么想，我愿意自欺欺人地相信，他是因为听到了体育场里的加油声、呐喊声而露出了笑意。也许他曾经是一个在运动会上得过奖的选手，那些加油声把他淹没在死水中的灵魂喊醒了，于是他发现了铁栅栏外面的天空，在那个他视线到达不了的地方，有一种生活，正以声音的方式召唤着他……

排队号到了，等候在门诊厅里的弟弟发来信息，我赶紧扶住父亲向小楼走去。我们一路挤过熙熙攘攘的人群，走进了诊室，我的脑中，却依然是那张镶嵌在铁栅栏里的脸。那会儿，我想，假如医生要让父亲住进那样的铁栅栏里，我该怎么办？

幸好，医生没有把父亲判入那所装着铁栅栏的房子，尽管我知道，只要我不答应，弟弟不答应，母亲不答应，父亲就永远不会住进那只巨大的笼子里去，他会和我们一起，住在属于我们自己的家里。可是日后，每每看见"张家楼"里那些森布的铁栅栏以及条纹病号服，我依然会心生忧惧。在那里，我没有看见美丽的马路天使抑或阿诗玛，只有一些和"美丽"没有丝毫关系的身影，那里不是我童年时代想象中的大花园，那里只是一座巨大的铁笼子。

七、冰凌花

浦东精神卫生中心的诊断结论出来了,父亲的AD属血管性梗阻,用药大致有两种,一种是精神镇静药,另一种是血管疏通药。在我们向医生咨询有关AD的一些问题时,父亲木然呆坐在一旁,对我们谈论的话题充耳不闻,偶尔蠢蠢欲动地启口,似要参与谈话,却语无伦次不知所云,瞬间又不耐烦地要起身离开,问他去哪里,要干什么,他又怔怔而立,不知自己究竟要做什么……他的大脑已不能及时接收和反馈器官感知的外界信息,亦是不能把片刻之前思索的内容保存下来并传达给我们,他脑中的线路坏了,他在坏了线路的世界里兀自沉思,抑或焦虑。

医院给父亲做了智力测试,智商70以下,相当于智能障碍者,属轻度AD患者中的较严重者。我疑惑:都这样了,还不算重度?

对我的无知,医生报以不屑的轻笑:呵呵,这已经算很轻了,重度患者只能躺在床上,吃喝拉撒都靠别人服侍,到后期,大脑完全失去指挥功能,甚至吞咽都不会,只能靠输液维持生命……

医生的话让我顿时心生恐惧,我不敢想象未来,亦不曾想到过,未来竟会以如此恐怖的面容出现。也许,人到不惑之后,便要习惯于品尝生命渐落的滋味,童年、少年、青年时总是对未来充满期望和向往,如今想象未来,却只有恐惧……一个人,当他对未来心怀恐惧时,我想他若非对人生绝望,就是已然进入衰老。而我确也感觉到了自己的老,这感觉,是从看到父亲的衰老开始的。

可是父亲才七十岁,刚拿到老年人免费乘车卡没几个月,还没来得及坐过一次免费公交车,就已失去了独立外出的能力。就好像,从领到那张老年人乘车卡开始,上天就宣布了他是一个"老人",他便要以日渐的迟钝和衰退来告诉我们,他已然是一个"老人"。

医生还说,父亲过早患上AD,曾经的脑外伤是很重要的原因,高血压的长期侵害也有一定影响。

他的确因一场车祸导致脑部和脊椎受重伤,那时候,年轻的父亲才三十三岁,而我,正是一个六岁的幼儿。当年,父亲是一家国企工厂的食堂采购员,每天开一部绿色小货车去各大菜场采购副食品。因为需要清晨出车,他总是隔夜把车开回家,于是这部小货车几乎成了我们的私家车。小货车很小,还破破的、旧旧的,车身永远蒙着一层脏兮兮的灰尘,大概从来都不洗(那时候大街上没有洗车铺),可我还是因为父亲有一辆车而骄傲得要命。

关于那辆小货车的记忆,我脑中留存着很多很多快乐和忧伤,加在一起可以写一本书,快乐当然远比忧伤多,可是如今想来,那么多的快乐,我却只能说出个大概,无非是和妈妈、弟弟一起挤在狭小的车厢里,爸爸开着车,去西郊公园看大老虎、吃盖浇饭;去乔家栅点心店吃生煎包和小馄饨;去火车北站接西双版纳插队回沪知青我的大舅和二姨;去外婆家过年……然而这些快乐的往事,究竟有多么快乐,怎么个快乐法,我却无从说起。倒是忧伤的记忆,依然清晰而详尽地保存着,偶尔想起，心底还会生出微微的揪痛。那些忧伤记忆里，就包括父亲的那场车祸。

车祸的起因，用现在的流行语来说，很"狗血"。因为父亲有一辆车，所以很多人都想和他交朋友，经常有人请他开车帮忙搬东西，或者借光搭车去县城，甚而一群人坐着他的车出游。他是那么热情的一个人，只要不动用他的腰包，他很乐意帮助别人乃至和那些"狐朋狗友"厮混在一起。那次狗血的车祸，就出在他和朋友们去南汇东海边打猎的途中。

我又要揭父亲的短了。其实父亲身上有很多鲜明而可圈可点的优点，可我无意用长篇宏论为他写一份先进材料，他是我真实的父亲，我便需要用真实的笔墨来描摹他，并从心理过程和精神角度反思父亲得病的原因。我想，我这么写，父亲是不会责怪我的，虽然现在他已经没有能力阅读我的文字，但我相信他有着足够宽大的胸襟理解和接纳他的女儿力求客观的分析，在我从小到大的印象中，这个被母亲评价为"小气"的男人，对子女，永远宽容至极……忽然发现，这么说好像严重了，其实我并没有想要做一名"反思者"，我只兴之所至地记录着这个男人，因为我身上的染色体有一半来自他，我的脾性中，也许超过一半是由他遗传给我，比如乐观、开朗、小聪明,以及浮躁、鲁莽、易犯"狗血"式错误……可是,在记录父亲的病况时,我总是情不自禁地要揭他的短,并且每每写到彼处,心底会抽出一丝轻轻的愉悦,在对父亲的病情沮丧而悲观的深渊中,那么一丝轻轻的愉悦,会让我忍不住咧开嘴,无声地笑。

好吧,那就放弃"反思",做一名最朴素的记录者,让时光再度回到多年前,三十三岁的年轻人在那个初冬午后遭遇的一场车祸。是的,那时候的父亲,就是一个小伙子,一个聪明有余、沉稳不足的年轻人,一个浑身充满活力,蠢蠢欲动而又心浮气躁的家伙。

当年父亲的一大堆朋友中,有一位我和弟弟叫"王炳根老伯伯"的中年男人,似乎与父亲关系最好。他是我们小镇著名的房管所所长,受到几乎所有小镇居民的欢迎。倘若他愿意在谁家坐一坐,乃至喝一口茶,那么这户人家就有机会向他诉说孩子的众多、住房的困难,并且抓住时机提出分房申请。当然,王炳根所长是轻易不会答应他们的要求的,除非,这一家的住房的确很困难,或者,像父亲这样从不开口向他提要求,却可以慷慨到把自己的车给他开的朋友,他就会主动把分房机会赐予这个人。

是的,他让他开那辆绿色小货车,明白了吧?父亲让没有驾驶证的王炳根所长开他的车，这就是他犯下的那个"狗血"错误。

让我想想，在父亲结交"王炳根老伯伯"之前，我们家住在多么狭小的房子里？好像，有一个五六平方米的厨房兼饭厅，一个大约十五平方米的房间，它兼具了卧室、起居室、会客室、浴室等功能。这就是我们家的所有空间，这个空间内居住着父母和子女共四人，我们一年四季在同一空间吃喝拉撒。那时候，我会毫不羞涩地在家人面前长久地坐在马桶上读《好儿童》画报以及《儿童文学》杂志。可以说，我的文学之路就是从马桶上开始的，后来经历了无数次马桶的改朝换代，我的文学之路依然持续，直至如今。然而童年时，每当幼小的我正在进行马桶上的文学洗礼时，忽然会有某位来串门的亲友闯进家门，于是，我坐在马桶上看画报杂志的样子，无辜地成了一幅上海家庭住房状况展示图。

那时候，事先不打招呼突然造访别人家，不属失礼行为，没有电话之类的通讯工具，无法提前通报一声，想去就拔腿去了，便会遇到吃"闭门羹"的情况，也会如我这样，在无法预料的某一天，我马桶上的文学之路会被某位突如其来的客人打断。

几乎每个人的言行中，都有可能留着几条往昔生活痕迹。我的母亲至今不吃大蒜，这一习惯就源自当年紧张的住房条件。因为房子小，马桶自然无处藏身，马桶内的排泄物不能及时清除，而吃过大蒜后的排泄物总会散发出格外浓烈的刺鼻气味，这使安顿在卧室兼起居室兼会客室里的那只不够密封的木质马桶不断飘逸出带有大蒜特征的阿摩尼亚（氨气）气味，并无孔不入地弥漫到家中的每一个角落。由此，母亲便坚决而严格地做到了杜绝大蒜，同时禁止我们全家人吃蒜。直到多年后搬进有抽水马桶的住房，母亲仍然无法修正"禁蒜"习惯，尽管新房子里的马桶已经脱胎换骨，成了一只洁白的瓷马桶，这只马桶不再与卧室、书房、起居室、客厅分享同一狭小空间，哪怕顿顿吃蒜，马桶也不会留存哪怕一分钟臭气，即便卫生间在短时间内留有余臭，排风系统也绝不会容臭气逃窜至卧室、客厅、书房……

三十多年前，我们一家四口，就住在那样一间连马桶都藏不住的小房子里，我们多么需要一所有两个房间的大一点的房子啊！如此，父亲与房管所王炳根所长的结交，就显得十分重要和迫切了，甚至，这份结交重要到让父亲不得不放弃原则，铤而走险。后来，我们家确是在王炳根所长的关照下搬进了一套由一个厨房、两个卧室以及一间阁楼组成的"大房子"。然而代价却是，从父亲跨入古稀之年的初始,他就要为年轻时犯下的那一次原则性错误忏悔,用智慧的丧失乃至生命的临危来救赎自己曾经轻狂无畏的灵魂。

三十多年前深秋的某一日,灾难正悄悄降临我们小小的家,六岁的我,却在浑然不觉中度过了晴空的白昼。早上,父亲和他的"狐朋狗友"们突发奇想要去东海边打猎,彼时,东海滩上的大片芦苇还没有被如今的浦东国际机场覆盖,深秋时节芦苇渐枯,打野鸭正好。晌午时分,父亲开着他那辆塞满一车厢男人的绿色小货车,向着东海浩浩荡荡地进发了。快乐的小货车行进在古老的捍海塘上,超负荷的载重使小巧的车身显示出格外摇晃和颠簸的行驶姿势。当然,这种摇晃和颠簸恰到好处地表达了这一车欢快的男人不可阻挡的兴致和激情。我猜测,他们几乎要齐声唱起某一首叫《我们是快乐的小猎人》之类的歌,如果世上有这首歌的话。在这样的气氛中,房管所所长王炳根老伯伯终于按捺不住,蠢蠢欲动起来,他感觉到他的手和心同时开始发痒,于是他向父亲提出了一条合理化建议:你累了,休息一下,让我来开一会儿车……

之前他确实多次开过父亲的车,甚至有两次父亲不在车上,他独自担当了驾驶任务。他好像确已掌握了驾驶技术，因此当父亲听到他的合理化建议后，毫不犹豫地停下车，把自己的驾驶座让给了王炳根所长。小货车重新启动，一车欢快的男人继续向着东海边颠簸前行，而那场乐极生悲的灾难，已渐渐迫近。

离东海边不远了，也许还有十分钟路程，窄窄的海堤上迎面出现一辆解放牌大货车，车身几乎占据了整条路。我不知道当时王炳根所长对自己的驾驶技术究竟有几成把握，事实上，当大解放渐渐逼近小货车，副驾座的父亲突然发现了临界于险境的车距。他迅速抬身扑向左侧，他要去抓方向盘，他试图在两车相碰前的最后一秒扭转凶险局面，他想让小个子的自己躲避那个庞然大物的挑衅……可是来不及了，他扑身挽救的姿势只做到一半，一瞬间，就在那一瞬间，大解放巨兽般的身躯触碰到了小货车，是的，只是触碰了一下，小货车就变成了一只失控的纸飞机，在一阵强劲的飓风刮过时忽然飞腾起来。它像一片过早凋零的绿色树叶，翻飞着、旋转着，然后一头栽倒在海堤的斜坡上，紧接着翻滚而下，扬起阵阵喧嚣尘埃，终于在猛烈撞向一户农家的围墙后终止了它的炫技表演，世界霎时安静下来。

王炳根所长昏迷了，父亲却醒着，醒着的他清楚地意识到，灾难已然降临。他想动弹，大脑发出指令，四肢却并未接收到,他就这么僵硬地躺在一堆砖墙瓦砾的废墟中,脑中是一片混沌的寂静。

所幸车上其余人都只受了点儿擦破皮肉的轻伤,唯有坐在前排的无证驾驶者和车主,被救护车送进了就近的南汇医院……彼时,父亲的家人,也就是我们,正在小镇上过着与前一日一样的平静生活。母亲正在商业批发部里拨着算盘轧账,我正在幼儿园中二班里扯着嗓子学唱一首叫《社员都是向阳花》的充满时代特征和有着欢快旋律的歌曲,弟弟,那个还没上幼儿园的男孩,也许正在某个角落玩泥巴……我们不知道,那时候,灾祸已经在我们家落下了它见缝插针的脚。

对于父亲遭遇车祸那天的记忆,我脑中留下的印象,只有模糊的恐惧感。那种恐惧并非来自一瞬间的打击,而是如同低温下渐渐冰冻的水滴,当许多胆怯的水滴凝结成一粒恐惧的冰珠子时,我已在不知不觉中接受了那场灾祸。

还记得那日傍晚,我从幼儿园放学回家,走至我们家那栋三层居民楼前,看到一群大人小人聚集在一起,正兴奋地议论着什么。还未上幼儿园的弟弟矮矮地跻身在人群中,看到我,突然说了一句当时我无法听懂的话:姐姐,爸爸出事了。

我清楚地记得，我一点儿都没害怕，我的反应，只是懵然而不明所以。

后来母亲回忆，听到父亲出车祸，她顿时双腿发软、头晕目眩，突然失去了主心骨的女人，不知道自己应该怎么办。在一位同事的搀扶下，她总算迈出踉跄的脚步，上了一辆公交车，方向是父亲，我的父亲，她的丈夫，那个生命垂危的三十三岁男人。

在赶去找父亲之前，母亲没有忘记把我和弟弟托付给邻居，假如，假如那一夜她的一对儿女没有饭吃，没有地方睡觉，那么请邻居收留他们，让他们吃一口饭，有一处睡觉的地方……然后，母亲在同事的陪同下，花了一个多小时辗转赶到南汇人民医院。可是母亲没有见到父亲，他们被告知父亲已经转送至川沙人民医院，于是他们返身向来路奔去，又是一个多小时以后，终于赶到。彼时，父亲正在抢救，母亲几乎是扑到手术室门口的，当她看见大门上亮着那盏表示手术正在进行的红灯时，双腿一软，终于瘫倒了。

那时刻，五岁的弟弟正在人群中亮起他女童般的嗓音告诉从幼儿园放学回家的我：姐姐，爸爸出事了。

我没听懂，我不知道什么是"出事"，也不知道"爸爸出事了"的确切所指，对"出事"，我没有具体的认知。

我在对父亲"出事"津津乐道的人群中索然无味地站了一会儿,然后,不知不觉地,我参与到了一群孩子的玩耍中,似乎是跳猴皮筋之类的活动,直到天色近黑。我甚至为没有人催我回家而暗暗庆幸,在这之前的所有日子里,一到傍晚,母亲那颗黑发浓密的脑袋就会伸出阳台,她嘹亮的嗓音响彻鱼店、肉店周边乃至整条街:薛舒——回家啦!

我真怀疑整个小镇的居民都能听见母亲傍晚时分的呼唤,而我,也在她的呼唤声中成为一个家喻户晓的名人。天黑之前她一定会把我和弟弟唤回家,她不允许她的孩子做夜游郎,这是她的家规。可是今天,她的呼唤声没有如期响起,我为自己的玩耍暂时摆脱了母亲的限制而窃喜。

然而,就在我玩得尽兴时,一辆车窗边挂着一盏小铜钟的我们叫作"救命车"的大汽车,发出急促的"当当当"敲击声,从路边呼啸而过。然后,我听见一起玩耍的一个大孩子的声音:薛舒,你爸爸在那辆车上……恐惧如一根狰狞的老藤,悄悄地爬进了我的血管,随着血液的流动,慢慢地延伸、延伸,我小小的心,被那株老藤紧紧地纠缠了起来。

一直以为,那是一辆与我毫无关系的车,那辆车里载的都是一些生命垂危的人,我那笑呵呵的爸爸,我那走起路来发出"咚咚咚"有力的脚步声的爸爸,我那扯开嗓子对着母亲喊上一叫板"娘子,我来也"的爸爸,他怎么会在那辆车上?他们是在开玩笑吧?那些大孩子,经常会在救命车"当当当"呼啸而过时骂自己的冤家对头:喂,你妈在那辆车上……那是一种诅咒,是孩童吵架后表示势不两立、不共戴天的决裂方式。可我确切听到了那句与我和父亲有关的话:薛舒,你爸爸在那辆车上!

我离开了那群玩耍的孩子,默默地回了家。

那天晚上,六岁的我和五岁的弟弟住在邻居家,我已经忘了,我是怎么度过那个没有父母陪伴的夜晚的,只记得第二天清晨,天还没亮,先起床的邻居家的姐姐喊醒了我。睁开眼睛,我发现自己躺在一张从未见过的床上,没有我熟悉的印着牡丹凤凰的床单和玫瑰红绸被子,我的鼻息里充满了陌生的居家气味,生铁和煤油混合的坚硬气息,隔夜饭菜炖煮后发出的酸咸味……我默默地用目光四顾寻找,没有找到如往常一样母亲忙碌的身影,也没有听见母亲催促我们起床的叫唤:快,快起来,要迟到了……没有,什么都没有,没有母亲,也没有父亲,他们把我和弟弟丢在一个陌生的房子里,听着陌生的声音,睡着陌生的床,一切都是陌生的……我就那样躺在被窝里，用目光思索着处境，片刻，终于"哇"一声，大哭起来。

那几天，我和弟弟一直住在邻居家，我们很少看见母亲回来，她在医院里照顾父亲。阴云笼罩的日子，小小的我似乎有些茫然，因为突如其来的灾祸让我无所适从。我只是木然似机器般地吃饭、睡觉，呆坐在门口，看门外的那条路，母亲会从那条路上回来，她会带来父亲的消息。而这一切，都是在邻居家的无言期盼。

直到深冬到来，父亲终于从死神手里挣扎着回到了我们身边，我和弟弟可以去医院看望父亲了。

那天，也许是1976年冬季最冷的一天，舅舅带着我和弟弟辗转一个多小时公交车，赶到父亲所住的医院。踏进病房，我几乎不敢相认，那个满头缠着白色绷带躺在病床上的人就是我的爸爸。他看着我和弟弟，似乎笑了一笑，但没能笑出来。他的头和脸几乎完全淹没在了白纱布中，只露出一双眼睛，是的，我就是从他唯一露出来的眼睛里看到，爸爸对我们笑了。我那像好斗的公鸡一样强悍的父亲，我那为了保护家人而时刻准备拉开架势与人"格斗"的父亲，他躺在病床上什么也说不了做不了，却对他的儿女露出笑意，仿佛要对我们说：有爸爸在，不要怕！

那一刻，我几乎无法忍住眼泪。

母亲在旁边说:"快叫爸爸。"

弟弟乖乖地叫了一声脆脆的"爸爸",我启开嘴唇,却没能叫出来,我觉得我快要哭出来了,慌忙把身躯扭向窗边。

父亲的床临近窗户,我就那样背对病床,面朝那扇结满冰凌花的玻璃窗,长久地看着窗外萧瑟的冬景。我不敢回头,我的脸颊上淌满了不断滚滚而下的泪水。尽管我只有六岁,但是小小的我不愿意伤痛中的父亲看见我在哭,于是我把自己假装成一个贪玩的孩子,我用手指抠着窗玻璃上那一片片透凉透凉的冰凌花,直到手指冻得又红又麻,直到探望时间到了,我们被舅舅带出医院。

1976年除夕前,父亲出院了,腰椎的重伤依然让他困于床上,平躺是他在那段日子里唯一的生命姿势。年夜饭,母亲把餐桌挪到床边,桌上摆着几样她炒的菜,我和弟弟跪在椅子上,小手捏着长长的筷子,夹着那些味道不尽如人意的过年菜。往年我们家都是父亲做年夜饭的,他的手艺远比母亲好,这一年,父亲无法展示他的烹饪手艺,也无法与我们坐在餐桌边共进晚餐,他只能平躺着度过这个特殊的除夕。我们就这样静静地吃着年夜饭,父亲僵硬的头颅微微侧向餐桌,他默默地看着我和弟弟，仿佛正用目光抚摸他的儿女……窗外没有一丝烟花爆竹的闹猛生息，1976年的一月深冬，我们小小的家，与外面的世界一样，哀伤而沉寂。

春天到来后，父亲终于可以下地走动了。每天我从幼儿园放学回家，他总会说：女儿，来，扶爸爸到楼下去散步。其实，我的肩膀柔弱得根本不能支撑起他，我的手臂还不能环抱住他的腰，可是经常在傍晚时分，父亲会搂着我的肩膀，我扶着父亲，我们在夕阳的余晖下缓慢走动。

长大后，提起医院里探望父亲的那一幕，母亲唠叨说我小时候没有弟弟懂事，连叫一声爸爸都不肯。父亲却总是笑呵呵地说：我知道，不是女儿不愿意叫，是她看见爸爸那个样子，心里难过叫不出来。

父亲的话让我不得不再次转身，面朝窗外，眼泪无声地涌出来……那时刻，我真希望窗玻璃上结着透凉透凉的冰凌花，我可以假装自己是一个贪玩的孩子，一边用手指一片片抠下冰凌花，一边任泪水流淌……

这就是我那些哀伤的记忆，然而哀伤中，却还留有些许温暖和欣喜。父亲受伤后，曾经受过他小货车帮助的朋友们纷纷来探病，我们家迅速堆满了人们送来的水果和点心，多得简直可以开食品店。母亲把水果和点心按送来的时间、品种、档次等规格分类，最好、最高档的食品留给父亲，更多消耗不掉的食品，成了我和弟弟的零食。我们以活蹦乱跳的身体享用着伤病员的待遇，为此我几乎感到幸运。那时候，我们怎么会想到，父亲三十三岁的这场车祸，留下的后患竟是AD。

那位"王炳根老伯伯"也在车祸中受了重伤，幸运的是，他和父亲一样，在病床上躺了半年后基本痊愈。后来，他成了我父亲"赤裸裸"的至交。我无法用合适的词汇准确表达那种摒弃了任何功利的友情，父亲与他交往，起初是为他房管所所长的身份，一场车祸却让他们的关系变得纯粹起来。

二十年后，在我的婚宴上，"王炳根老伯伯"以亲密友人的身份在喜宴的厨房里帮忙。那时候他已经不是房管所所长，他只是一个退休老头，那时候的我们家，早已搬离了小镇，并且我们的房子，有宽敞独立的卫生间，以及国际名牌抽水马桶。

又是十年以后，王炳根老伯伯去世了。他是在麻将桌上一头栽倒的，游戏中的死亡，似乎更是一种幸福。如今，我不知道父亲残存的记忆里，是否还留有王炳根所长的一席之地，说起来，他们也算是出生入死、患难与共的朋友了！

八、那个我唤作"父亲"的"孩子"

从北欧出访归来，飞机落地已是傍晚，上海的夜色正拉开帷幕。弟弟开车来浦东机场接我，黑色小轿车从黑夜深处驶来，戛然停在我眼前，车里钻出两个高大的男人，他们接过我的行李，拥着我钻进了汽车。他们是我的弟弟，和我的儿子。

短暂离家归来，两个男人的迎接让我心生温暖。我懒散地把身躯横在后车座里，弟弟驾驶着汽车，十六岁的儿子坐在副驾座上——这个还未成年的大男孩已经拥有接近成年人的体格，一米七八的个头，渐显骨骼的脸庞上曾经的婴儿肥已然消失，我在后座注视着他身着蓝色运动装的宽阔背影，忽然生出一丝想在他那副日渐坚实的肩膀上靠一靠的冲动。

弟弟一边驾车一边告诉我，母亲在家里准备晚餐，有我喜欢吃的葱烤鲫鱼和清炒苦瓜；爸爸今天特别兴奋，知道我要回来了，一整天反反复复地念叨"女儿到家了没有？"；还有还有，爸爸总算不再把儿子当骗子了，他承认了这个儿子，弟弟唤他"爸爸"，他会爽朗地答应"哎！"……弟弟醇厚的声音在我耳畔回荡，我的眼前仿佛展开了一幅画面：灯火通明的餐厅里，一家人团团围坐在餐桌边，欢聚的笑声装满了整个家，几乎装不下屋子，那些幸福的声音，便如花儿般一朵朵飞出敞开的窗户，窗台下的花园里，父亲种的那棵梅树支棱起千百只树枝的耳朵，倾听着窗内飘出的欢笑声……这幅天伦之乐图，便是二十分钟后即将发生在我们家的一幕，画中这个三代同堂的家庭和睦而美满。是的，我们什么都不缺，什么都拥有，父亲健康、母亲良善、儿女孝顺、孙子聪慧……我敢保证，除了"父亲健康"，其余都是千真万确的事实。

离家十多天，不知父亲是否会把我忘记，就像弟弟刚从海南回来时，他认定他的儿子是一个"陌生人"抑或

"骗子"。会不会，这次短暂离家归来，我也将成为他眼中一个陌生的不速之客？

很庆幸，父亲没有忘了我，我们到家时，他已经站在门口的停车道上等候，我刚从车里跨出，就听见他朗朗的唤声传来：女儿回来喽——欢欣的语气，传递出孩童般的喜乐情绪，我忧虑的心绪霎时宽解。然而待我走近，却见父亲眼皮低垂，目光并未落于我脸上抑或身上，直至进入屋内灯光下，在餐桌边落座，他的眼神始终没有在我身上聚焦哪怕一秒钟。

我终于知道，他并非认出了我才欢呼"女儿回来喽"，他在母亲和弟弟无数次"女儿今天回来"的重复告知后获得了一条机械记忆，他记住了今晚女儿会回家。这么一想，我便不敢再抬眼看他，我怕对上他的目光，倘若他抬眼细细辨认我，他是否会惊愕地发现，眼前的女儿与他脑中的女儿并非同一个？我宁愿他不看我，不看即是信任，是的，我只希望他还记得他有一个女儿，至于女儿长什么样，这并不重要，重要的是，女儿就在他身边陪着他，他只要知道这一点，就够了。

弟弟回家已有半个多月，父亲终于不再把他当作"陌生人"抑或"骗子"，现在他愿意把这个高大的成年男性唤作"儿子"了。其实他并未把成年的儿子从记忆库里搜出来，只是这个人天天陪在他身边，这个人每天无数遍地叫着他"爸爸"，不知不觉，他就把自己当作这个大男人的爸爸了。

晚饭后，我早早躺下倒时差，弟弟在电脑边工作，母亲帮父亲洗漱完，安顿他先上床，自己进浴室洗澡去了。也许是因为我刚到家，父亲有些兴奋，每隔二三十秒就要叫唤一次，叫母亲的名字，或者叫我：女儿啊——

自从父亲病后，我睡觉时大多不闭房门，这样可以及时听见他的动静。这会儿他叫唤得紧，我便躺在床上大声向他喊话：爸爸，你先睡，妈妈洗好澡就去陪你。

他乖乖地答应：好的! 可是半分钟不到，他又开始叫唤。我依然躲在被窝里大声问：有事吗爸爸？

他用无辜的语调申诉：我睡不着!

我无可奈何，只能半开玩笑地问：睡不着？那怎么办？要不要给你讲故事？

他居然朗声答道：要!

弟弟在电脑边发出近乎宠爱的笑声，仿佛做父亲的人是弟弟，而我们的父亲，却是一个孩子。

我努力睁开困倦的眼睛，从床上爬起来，去了隔壁的父母卧室。我坐在父亲床边，这个七十岁的老头躺在床上，睁着眼睛看着我，目光充满期待。我便如同哄我幼年时的儿子一样，开始给他讲故事：

……那时候，这个小孩已经六岁，可是六岁了，他还没断奶，真够丢脸的。有一天，小孩的妈妈去河对岸的田里摘棉花，留他在家里自己玩。他玩啊玩啊，肚子饿了，于是跑到河边，跳上一条小船，自己撑船过河，去田里找他妈妈吃奶去了……这个小孩，是不是你啊？我嬉笑着问我的老父亲。

他居然微红了老脸，继而自嘲般哈哈大笑，然后惊异地问：你怎么晓得这事？这个小孩就是我啊！

我继续回忆过去从奶奶、姑妈、大伯母抑或父亲自己口中听来的故事：你小时候，你大哥半夜睡觉磨牙齿，你妈就去买猪尾巴，煮熟了让他躲在门背后吃，据说这样可以治磨牙。可是被你发现了，你吵着也要吃，你妈就哄你，说吃了猪尾巴屁股上会长出一根尾巴的。可你宁愿长尾巴也要吃，把你大哥的猪尾巴抢走大半。有没有这事？羞不羞？

他再次兴奋地大叫：是的是的，这事有的，你怎么啥都晓得？还有没有？再说说？

你七岁那年，你二哥带你去河浜里学游泳。在水里，你二哥一直是托着你的，学了一段时间，他觉得可以让你自己游了，就忽然放了手，你没防备，呛了好几口水。从河里爬上岸后,你追着要打你二哥,你二哥就逃啊!你人小,追不上他,可拼命追。你妈就在屋门口喊你二哥:你停下来让他打两下,打两下就好了,他人小,你让让他。你二哥只好停下来,硬是让你打了几下,你才罢休……你妈都把你宠坏了,看你多霸道啊!是不是?

他连连点头:是的是的,你真的什么都晓得啊!你讲的,就是我呀……说着,他激动地从被窝里坐起来,几乎扑上来要拥抱我。

我忽然感到莫名的紧张,下意识地挡住他意欲抱住我的张开的双臂。我把他的手轻轻塞回被窝:睡觉,快睡哦,手伸出来会着凉的。

他怔了怔,而后很乖地缩回被窝,接着要求我继续讲他小时候的"故事"。他在薛氏宗族里算是最小的孩子,上有堂兄、堂姐二三十人,还有两个亲兄长,一个亲姐姐,他是穷人家被宠坏的孩子。

我就这样搜肠刮肚地回忆着听来的有关父亲的往事:上小学时,你有一个小李先生,还有一个老李先生,小李先生凶,但有才,老李先生慈祥,课讲得却不怎么样。有一次,你被小李先生打了一记头塌,因为上课钟打过了,你还在"哇啦哇啦"唱歌,你从小爱唱歌……

有一回,你们一群小孩跑去乡里看电影,没钱买票,就翻乡政府的围墙进去。围墙里边是一个茅坑，你们都小心翻过去了，可是轮到那个郑志根翻墙时，他笨得要命，居然掉进了粪坑，搞得你们都没看成电影，陪他去河边洗，臭得要死……

那时候你们家穷，你妈做饭时，总是把大米和麦麸混在一起煮，你放学回家，掀开锅盖一看，立即噘起嘴闹绝食了。你妈就用饭勺拨开面上一层麦麸，露出底下的大米饭，她把大米饭盛给你吃，你哥你姐都吃麦麸饭，给你搞特殊，真不像话……

他凝神倾听，脸上带着欢喜，仿佛被带到了遥远的往昔，回到了他那无忧无虑的儿童抑或少年时代。好几次，因为听得激动，他又要从被窝里坐起来拥抱我，而我，一次次阻挡着他，虽然竭尽温和，却是无疑的阻挡。

不知道为什么，我很难接受我的老父亲像一个孩子那样，从我这个女儿身上寻求温暖和愉悦的肌肤体验。可是我相信，倘若这个听我讲故事的"孩子"不是我的父亲，而是我的儿子，我就会毫不犹豫地接受他的拥抱，并且给予他更温暖的回抱。

为什么？我质疑这发自本能的抵触。我并不怀疑自己的孝心以及责任心，可我不知道为什么会这样。想起某一年的重阳节，在枫泾的众仁养护院，我们为老年人表演节目，演出结束后和老人们聊天。我记得，我拥抱了一位坐在轮椅上已经不会说话的老太太。我更记得，老太太的护工，一位五十岁左右的农村妇女，直接用自己的手指捏去老人鼻子底下淌出的两条鼻涕……当时，我很骄傲自己能拥抱那个淌着鼻涕的老太太，当然，我从未指望自己直接用手指擦别人的鼻涕，除了，除了我的孩子……

那么，我既可以拥抱一个陌生的患病老人，又为什么要拒绝父亲的拥抱？我想象着，当父亲的AD发展到完全失去智能时，我会心甘情愿地为他做端屎接尿的工作吗？我一直觉得我是可以为我所爱的人付出一切的，可是现在，我开始怀疑。是不是，到那时候，我不需要亲自动手为父亲端屎接尿，只要花钱请护工来替代我完成那些工作，就足以证明我的孝顺？可我在给婴儿的儿子端屎接尿的时候，何曾想过要请保姆替代我履行作为母亲的职责以及亲历那些幸福的体验？

我知道，我不可能把所有的"端屎接尿"当成一种幸福，尤其是，这个需要我给予"母爱"般付出的对象，竟是我的父亲。但是，我亦相信，当那一天来临时，我还是会去做，对，去做，就像去拥抱那个养护院里的陌生老太太，那是一种出于责任、出于人道、出于同情、出于道德要求的行为。可是，我拒绝了父亲的拥抱，父亲的拥抱，不是责任问题，不是人道问题，绝不是，我确知我爱他，我也愿意为日渐年迈的父母担负起一切责任，可我无法敞开怀抱接纳我那正在变成孩子的父亲。如同他小时候，玩到饿了，撑着一条小船过河，闯进棉花田，扑到他母亲怀里，撩开母亲的对襟布衫，毫不羞涩地在众多农人面前吮吸着来自母亲身体的甘霖……我做不到，他不是我的孩子，他是我的父亲，我拒绝把他当作一个孩子，骨子里拒绝。

我一边质疑自己，一边依然没有勇气逼迫自己去接受父亲的拥抱，我只能假装关心他的身体，一次次挡住他意欲拥抱我的双臂，并且把它们塞回被窝：会着凉的，快钻进去，快睡，睡哦……

是不是，我们生来就这么羞于表达对父母的爱？可是我该用什么样的方式给他抚慰？当他需要我的拥抱的时候？我犹豫着，不知所措。

终于把他童年的故事讲到弹尽粮绝，手机铃声适时在隔壁房间响起，我急急站起来：爸爸你睡哦，我要接电话……然后逃也似的回自己卧室去了。

弟弟接替我去给父亲讲故事，这个四十岁的男人，并没有在父亲的床边坐下，而是，就这么捧着一杯茶，站在床头，滔滔不绝地讲述着他童年时代与父亲共同经历的往事。

有一年，念高中的弟弟被困在交大附中。几个星期没回家了，他身边的钱够不够花？他是每天在教室里上课？还是跑到街上挤进那些蜂拥的大学生中去了？那段日子，城市的交通几乎完全瘫痪，没有公交车可以从浦东顺利到达交大附中所在的宝山区江湾镇。于是，父亲骑着一辆永久牌28寸自行车，从东海滩边的小镇，一路骑到了交大附中。当父亲见到在校园里正常上学的儿子时，只问了一句：钞票够不够用？

在得到儿子肯定的回答后，父亲二话不说，跨上自行车，返身回浦东去了。那一程来回，有一百多公里。于他而言，只要儿子安然无恙，他便放心了，他连一句叮嘱的话都不说就扭头返回，如此看来，他是那么信任他的孩子。

弟弟在给父亲讲述这段故事时，这父子俩，却像一对普通朋友抑或同事，一个躺着，一个站着，说到好笑处，弟弟率先哈哈笑起来，父亲便也跟着呵呵笑，并且客套地答复：对的，是的，是这样的……完全是应付的态度，显然没有适才听我讲故事时的兴奋，更是没有要钻出被窝去拥抱他儿子的欲望。我不知道，是父亲对他那回家甚少的儿子依然心存戒备，还是弟弟的故事已属他失忆的范围，现在他能记得的，是否仅剩下他自己的童年往事？或者，父子之间的情感表达，比之父女之间，本就多几分生硬和隔阂？

半个月前，弟弟从海南回家那天，母亲和我商量，晚上让父亲和弟弟睡，母亲和我睡。因为家里的两间卧室仅有两张双人床，平时父母占据一间，我占据一间。母亲的提议遭到我的反对，我说：你儿子肯定宁愿睡沙发，也不愿意和老爹挤一张床的。要不征求一下爸爸的意见？要是爸爸想和弟弟睡一起，弟弟会满足他的。

母亲便去问父亲，她以为，她的老伴心心念念等着儿子回来，一定愿意和儿子多多待在一起，甚至愿意和儿子睡一张床。可是父亲听了，竟支支吾吾不置可否。我笑了，我说：爸爸要和他老婆睡一张床，是不是？

这个反应迟钝的老头，尽管他已遗忘了许多往事，但他对情感的判断还未丧失，被我这么一说，他羞涩地笑了，然后沉默着点了点头。最后，母亲只能找出一张过去在老房子里用的折叠式钢丝床，展开，铺在了我的卧室里。

我并不介意与弟弟使用同一间卧室，我们从小就是在同一间卧室里长大的，与我们同龄的上海人家的孩子，哪一个没有兄弟姐妹合用卧室的经验？甚至一家四五口，全部睡在一间卧室里，也不在少数。

可是很奇怪，按照中国人的生存状况，家庭成员在绝对公开甚而没有隐私的环境中生活，相互之间应该是极其亲密而无所保留的。然而我们却并非如此，我们连彼此给予一个拥抱都不愿意，或者说，不好意思。我想，并不是我们不爱彼此，而是，当我们在绝对敞开的环境中成长时，为了保护内心的隐秘，我们给自己的心筑起了一道厚厚的墙。如同坐在同一辆公交地铁里的乘客，身躯贴着身躯，脑袋抵着脑袋，看似亲密无间，其实远隔万里。我们用自己的目光、肌肤，以及每一条神经，筑起了一道防护墙，这道墙让我们保持各自的独立，同时，这道墙让哪怕最亲的亲人也永远不能彼此贴近。

如此，我便理解了父亲为什么骑自行车一百多公里去探望他儿子，只说了一句"钞票够不够用"，就返身离开了。如此，我便也相信，我对父亲的拥抱发自本能的抵触，亦是源自我们的传统，生存的传统，以及教育的传统。

我们以"不表达"，来表达我们彼此的爱，这就是我们。

然而如今的父亲，已回归为一个孩子，一个需要肌肤抚慰的孩子。而我,却依然生活在传统的现实中,我无法让自己随着他的回归而改变,我做不到,做不到充当他的母亲,做不到充当宠爱他的众多薛氏长辈,做不到充当那位曾经最喜欢把幼年的他抱在怀里的他的大姑表姐……那些可以把他抱在怀里的人们,大多已离开人世。而我,我是谁?我怎么有能力去替代他们?

我,是你的女儿啊!爸爸!

他听不见我的呼唤,他正以飞快的脚步向着他的童年奔赴而去,他是要以返老还童的实践来向他的儿女演绎生命的过程吗?

多年前的那个岁末,临产的我住进了医院,预产期已过,而我肚子里的胎儿却迟迟没有动静。母亲在家里为我做催产饭,婆婆和丈夫守在医院里,等待着不知什么时候到来的分娩时刻。

一周后,儿子终于从我剖开的子宫里被医生拎出来,这个属猪的懒孩子还在沉睡,他睡得正酣,甚至不愿意哭一下,医生在他屁股上打了一巴掌,他只勉强哭了一声,表示了一下他柔弱的抗议,而后就闭了嘴。接下去,护士七手八脚地给他过体重、洗澡、手腕套上母亲的姓名牌,抓住他印了蓝印泥的小脚掌在出生证上踏下人生第一只如玫瑰花瓣的小足印……在这整个过程中,我的猪孩子始终呼呼大睡着,他根本无心理会我们的忙碌和操劳,他亦是不急于看一眼这个他刚刚抵达的新世界,不急于看一眼创作了他这个生命的我。

而我,从那一刻起,便无法逃避地注定要成为他的母亲,他的老妈子,他的粮食生产基地,他的铺路工,他的洗衣妇,他的厨娘,他的……奴隶,无怨无悔的,幸福的奴隶。

三天后,父亲来医院看我。在这之前,因为产后炎症,我发了几天烧,半夜婴儿哭泣又无法休息好,精神很差。知道父亲要来,我变得神清气爽,早早地坐在床上等候。

至今记得,当我听见父亲朗朗的笑声从外面传来,当我看见他脚步健捷地跨进病房,我竟忍不住想要哭出来……

趁着父亲笑容满面地与公公婆婆握手寒暄,我竭尽全力憋住了眼泪,还好,还好,我没有在公公婆婆、父亲母亲都在场的时候哭,否则公婆岂不是要多心,是否他们亏待了我,让我在父母面前委屈掉泪?

可是为什么?所有别的亲人来探望我,我都只是欣喜和欢笑,从没有过一丝要落泪的欲望,而在见到父亲时,我却莫名其妙地想哭,抑制不住地想哭,这是为什么?

至今我没有找到确切的答案，我只能解释为，我骨子里，其实对父亲有多么依恋。

我说过，这个强悍的男人，常常令童年时候的我产生挫败感，我亦是常常担心着他像一只好斗的公鸡一样容易与人发生争执，小时候，跟他一起外出，我会有不安全感。可是事实上，他的所有强悍和好斗，只为保护他的家人，他的孩子。是的，这个强悍的男人曾经给予我的那份不安全感，如今恰已变成了我对他的一种依恋，一种在我最幸福、最委屈、最快乐、最伤心的时候，都令我在他面前意欲落下眼泪而终是坚持忍住的，依恋。

现在，这个被我依恋着的男人，正躺在床上听他的儿子为他讲故事。适才，在他的女儿为他讲故事时，他似乎同样要表达他回归孩童的某种依恋，可是我拒绝了他，我愧疚而又无法逃避地承认。每一次反省，我总能下决心，下一次，我会敞开怀抱去拥抱他，可是下一次，我依然无可奈何地发现，我做不到。

母亲洗完澡从浴室出来了，她替下了弟弟，在父亲身边的被褥里坐下。彼时，她那已然返老还童的老伴，仿佛一个迷路许久的孩子，忽然发现了亲人的身影，脸上霎时露出由衷的欣喜。然后，他侧过身躯转向母亲，脑袋往母亲的枕头边一埋，安然睡去……

那会儿，我忽然很想感谢母亲，真的，感谢她。他的依恋，他孩童般的身心所需的所有抚慰，只有我的母亲能毫无障碍地，敞开怀抱，给予他。

九、临终诗社

独自在杭州湾的蜗居写了两天小说,又到了回父母家的日子。一路开车,脑袋微微发痛,车载音响里正播放世界名著有声读物。自从父亲患病,我回浦东越来越多,大量时间花费在路途中,便在每周至少两趟百十公里的路途中听听毕克、丁建华或者乔榛朗诵的那些大多早已阅读过的经典名著。

这天读的是霍桑的《红字》,充满了背叛、救赎、自由、耻辱和爱的语言在我耳畔流淌,小说在始终压抑的气氛中持续，我的脑袋也保持着前一夜延续而来的疼痛。

头痛是我的家族遗传病，并非来自父亲，而是从外婆开始，就成了我与生俱来、不舍丢弃的基因。它蛰伏在我的头颅深处，不知何时何地何种起因，就会不期而然地从隐蔽处纵身跳出，如同恶作剧的小人，在我的神经、血管里玩起蹦床游戏。

是的，蹦床，前一夜，恶作剧的小人又跳出来玩蹦床了，为了遏制它，我吞下两颗止痛片，而后躺下睡觉。半夜醒来依然痛，埋藏在太阳穴里的血管持续激烈蹦跳，一左一右两张蹦床，一左一右两个小人，它们反反复复地屈腿发力，它们的每一次起跳，都在我脑袋中引起一波碎裂的震颤，它们蹦得越高，我脑袋里的震颤愈加剧烈。于是再加一颗止痛片，继续蒙头闭眼，试图重新沉入睡眠。凌晨时分，我做梦了，梦见我鲁迅文学院第八届高级研讨班的同学们，诗人杨勇、小说家王齐君和马端刚。他们乘着梦的翅膀来探望我，我欢笑着迎接他们，我们时而沉默，时而微笑着赠予彼此寥寥数语，轻暖温煦。相聚亦是短暂，很快他们就要与我告别，我笑着说再见，腼腆的杨勇、沉稳的齐君、欲言又止的马哥，他们频频回头向我挥手……然后，我醒了，泪流满面……

我在怀念什么? 我又丢失了什么? 我不知道。没有人知道我要什么，我自己也不知道。

前几天与杨勇通过一次电话，他问起我最近的创作，以及我父亲的病况。我的鲁院男同学们常常会在酒后的夜晚打来问候电话，马哥、齐君亦是如此，白天轻易不打扰我。也许他们是羞于在清醒时对一个同窗女生表达他们的关爱，夜晚的酒精让他们变得坦然和真诚。那晚杨勇大概喝了不少酒，于是我接到了他从遥远的北方打来的电话，我们在电话里感慨了一番人之衰老的不可抵挡。我忽然想到一个好主意，便说：等到那时候，我约上你，还有马哥、齐君他们，我们住进同一所养老院，我们在养老院里组织一个"临终诗社"，愿意参加的就报名。我们可以生活得像2008年在北京十里堡的老鲁院那样，我们要把最后的日子过得感性而丰富，我们用诗句铺满生命的最后一段路，我们踩着诗歌的节律和韵脚欢快地走进天堂，就像莫言踩着红地毯走进诺贝尔文学奖的领奖台……

也许就是这次通话，让我梦见了我的同学们，本是一个欢愉的梦，我却在醒来后泪如泉涌。头痛依然像一个深爱我的恋人一样缠绕着我，我再次闭住眼睛，并且告诉自己：我把未来的躯体托孤给一所养老院，我把未来的灵魂托孤给"临终诗社"，我做到了老有所依，我可以放心了……终于，我重新进入了这一夜始终伴随着头痛的睡眠。

七十公里的车程在《红字》接近尾声时结束了，父母家到了。因为是星期四，照例要送父母去医院探望八十九岁的外公，父亲在外公病初时还每日送人参汤去医院，如今，他已经不记得那个躺在病床上的老人是谁。就在去医院的途中，他问我：女儿，你带我去哪里？

我说：去看你老丈人。我知道，倘若我说"去看我外公"，他根本不会明白我的外公是谁，与他有何关系，我必须把他与亲友之间的关系描述得竭尽简单直接，可即便如此，他也依然疑惑：老丈人？老丈人是谁？

母亲说：是啊，你丈人是谁？还记得吗？

他想了好一会儿，没找到答案。我提示他：那你老婆是谁？总知道吧。

他立即用半是玩笑半是责怪的口吻说：老婆我怎么会不知道？真以为我傻啊！

这话让母亲忍不住大笑。我说：对啊，你的丈人，就是你老婆的爸爸啊！

他有些发怔，我继续提示：还记得张明奎（外公的名字）吗？当年，张明奎把女儿嫁给了你，你可不能忘了他啊！

他反应极快地回答：张明奎我认识，他怎么是我老婆的爸爸？不是的。

母亲急了：那你说他是谁？

他支支吾吾：张明奎么，我的老朋友啦，怎么是我老婆的爸爸？你们瞎说。

他把所有的认知缺失看作是旁人的错，他确凿相信自己的判断，的确，在他壮年的任何时候，他都是一个极其自信的人。母亲却紧张起来：那你说说，你的老婆是谁？

他东张西望，迟钝的目光在车内搜寻了一遍，而后看住坐在他身侧的母亲，欣喜道：是你哦！

母亲松了一口气，笑说：还好，还没把老婆认错。

我们不再试图让他想起张明奎是谁，或者他的岳父是谁，母亲亦已接受了他的遗忘，也觉没有必要再追究。然而一经踏进病房，看到外公，他却总能表现得比平时更加正常，他一如既往地对着那个卧床不起的老人脱口而出："爹爹！"

这可真是值得庆幸的事，他缺失的记忆中还保存着一些极其牢固的基石，如同一堵正在渐渐塌陷的墙，埋在土下的根基却还在。他不知道他的岳父是谁，他也不记得张明奎是他妻子的父亲，但他知道躺在病床上的这个比他更老的老人是他的父辈,他应该叫他"爹爹"。

八十九岁的瘫痪老人竟也一眼认出他来,并且启开缺牙的嘴,冲着他那亦已成为老人的大女婿呼唤:金富啊!你来啦!

他凝视着他的老岳父,一句话都说不出,他能对他表达的语言,只剩下那么两个字——爹爹。然后,他伸出手,开始替病床上的老人揉捏因长期卧床而僵硬的双腿,手法依然熟练,仿佛那是他与生俱来的本能,他必须为一个患病的长辈服务,而这位长辈究竟是谁,他已无暇关心,抑或,无力关心。可是,很多年前,他曾经是他的老岳父、老岳母,乃至小舅子、小姨子们组成的那个大家庭最强大的精神支柱啊!

1968年或者1969年,刚从部队复员回来的父亲,一个二十六岁的小伙子,陪着他的新婚妻子从沙洲老家回浦东。他们一路坐了长途汽车、13路电车、黄浦江摆渡轮,在庆宁寺坐上小火车,一小时后,他们在一个叫"曹路"的小镇下了火车,最后剩下三华里路,他们需要步行抵达新娘子的娘家。

这对新婚夫妇兴致勃勃的回家之路在途经一所大仓库时被迫停了下来。那是一个叫作"棉花收购站"的大广场,广场上有几排库房,每年棉花收成的初秋季节,这里总是挤满了送棉花的农人，彼时，库房多半已经装不下丰收的棉花，于是，广场上堆起了一座座白棉花的大雪山。当然，这场景一年中就秋天那一季才会出现，而这个初春季节，我青春的父亲和母亲刚在老家完婚后赶回上海，那个时节，棉花收购站应该是寂静而空旷的。可是不知为什么，那天收购站大铁门内的广场上，却拥挤着众多脑袋。

我那新娘子母亲好奇地朝收购站的大铁门看了一眼，就那么一眼，她看见了她的母亲，我的外婆，那个四十多岁风华犹存却显失魂落魄的女人，正站在大铁门里向外眺望，目光凄惶而绝望。好像，她知道她的女儿和女婿会在今日回来，果然，在等待许久后，她终于看见她那一身新装的孩子正迈着自由健康的步伐走来，她眼圈一红，眼泪涌了出来。

其时，我的外公已被关进牛棚，就押在棉花收购站内不知哪一间仓库里接受审讯。外婆刚进牛棚一天，还没被管制起来，还允许待在广场上。彼时，我母亲的六个弟弟妹妹正在家里大哭小喊，那一年，我母亲最大的弟弟，我的大舅十八岁，而我最小的小姨才七岁。那个春天，他们的父亲和母亲先后被带走，他们不知道父母什么时候才能回家，对往后的日子如何度过，他们来不及抑或根本无从考虑，他们只知道恐惧，以及哭泣。

那一晚，作为大姐和大姐夫，我的母亲和父亲充当了六个弟弟、妹妹的家长，并且从此以后，作为"大姐夫"，我年轻的父亲因为拥有赤红的出身以及复员军人的安全身份，成了妻弟妻妹们的保护者，乃至日后的十多年里，我的姨妈舅舅们一个接一个出嫁以及娶妻，他们的大姐夫，更像一个父亲一样为他们的婚事承担了大部分操办工作。

我的外公自打从牛棚里出来后，日益像一只鸵鸟了，他每天埋头于可怜的八小时商店营业员工作，其余时间就躺在床上唉声叹气。工商地主出身的老派读书人，曾经在二十世纪四十年代参加了外滩边那几所著名洋行的考试，他似乎很擅长念书，外文也学得好，果然，他收到了其中三所洋行的录取通知。然而，当时的形势似乎已经不适合把终生职业寄托于外国人的洋行，于是他在他父母（我的太外公和太外婆）开的名号为"信丰祥"的连锁绸布庄里做起了年轻的老板，那三张洋行的录取通知书，无辜而又遗憾地成为三张废纸。

可是不曾想到，这个年轻的绸布庄老板很快改变了身份，他依然每天要去那爿原本属于家族所有的店里上班，但他不再是老板，而是社会主义供销社的一名营业员。直到他的大女儿我的母亲长成一个待嫁姑娘，因为一日比一日紧迫的形势，他终于同意了这对家庭背景差距悬殊却是自由恋爱的年轻人的婚事。

自此，我那四十岁刚出头的外公似乎改变了人生态度，他不再充当家庭的主心骨，他亦不愿意在任何家里家外的事务中充当决策者。他依然是一名业务精良的优秀营业员，然而除了上班，余下的时间，他就把自己安放在自家楼上的卧室里。他几乎没有人际交往，亦是很少见到他与子女聊天谈话乃至开玩笑，当年他铁板一样严肃却又十分英俊的面容，曾给幼年的我留下愁绪万千的印象。我不知道外公躲在楼上的卧室里做什么，小时候我曾问过母亲，母亲回答：外公身体不好，在睡觉。

外公用"睡觉"这件事打发了他人生中黄金般的十多年岁月，那个胆小怕事而不苟言笑的中年男子，最频繁的业余活动就是生病，他患有胃病、肺病、心脏病、肝胆病……他一次次送自己去医院看病，给自己煎药，为自己买来医药书查找那些或许是神经过敏引起的病症的名称……他成了一个药罐头，身上的众多疾患却从未被治好过任何一种。与此同时，他原本作为绸布庄老板的果决、魄力以及外交能力，亦是消失殆尽，甚而失去了作为一名男性家长所应具备的凝聚力和号召力。卧室是他的世界，那张深邃幽暗的老式雕花木床（这张床是整套家具中唯一的非红木制品，因此没在抄家时被红卫兵掠走）成了他的疗养院。直到1977年，知识青年大舅从西双版纳回来结婚，外公才把那张床给大舅做了婚床，自己换了另一张简陋至极的小床安顿。

我依然清晰地记得那张巨大的床，在幼小的我眼里，它像一间小小的房子，里面可以装下整整一家人。可是我却极不愿意靠近那张床，尽管它有着雕工精细的木栏床围和床楣，那些蝙蝠、梅花鹿、仙鹤、喜鹊，以及众多长衫古人、嬉戏玩耍的光头童子等图案十分精致，并无左右对称或者前后呼应的规律，似乎是某位手艺高超的木匠的随性之作。那些图案也不能算写实作品，它们和真实的物事并不完全相像，却栩栩如生，让我心生好奇与略微的恐惧。也许正是无规律，以及不写实，那些图案便有了魅惑的神韵，超现实的想象和张力，让小小的我被惊吓，同时被诱惑。我常常想象那些雕刻在床上的人和动物之间究竟发生了什么故事？发生在什么时候？什么地方？没有人告诉我，外公是不会告诉我的。是的，我好奇，却始终不肯靠近这张床，它有着深不可测的进深，它一年四季没有一天不被晦暗笼罩着，它总是显得阴森森，这使我深信躺在这张床上睡觉一定会做噩梦，若非如此，为什么外公总是那么不快乐？铁板着脸上班，铁板着脸吃饭，铁板着脸说几句不得不说的话……多年以后，我五十岁的大舅，也就是继承了这张雕花木床的人，他在当年外公的那个年龄段里完成了某种循序渐进的蜕变，也成了一个不快乐的人，他每时每刻都有无数值得抱怨的不如意之事，他总是觉得被世界抛弃，社会亏欠于他，人人都负于他……这个在少年时代失去继续求学的机会，又在西双版纳农场耗费了十年青春，再在壮年黄金岁月为生存而开一爿贩卖香烟的小店，如今强硬地把自己扮成一名"有钱人"实际却辛苦挣扎在社会边缘的无名之辈，他扭曲的心态和生活态度，令他众多的兄弟姐妹和小辈感到同情和无可奈何。

倘若说，是时代和社会造就了不快乐的外公和不快乐的大舅，那么与他们同社会、同时代的人，难道都是不快乐的？质疑过后，我便产生了一种不敬的猜测，也许，问题出在那张雕花木床，那张从搬进这个家就不曾挪过窝、将近七十年没有接受过阳光沐晒的老床。如同一台从1945年外公结婚那天开始就蹲在墙角一隅默默吸纳着光阴的摄像机，雕花老床静静地摄录着大半个世纪的世事变迁——抗战尾声、内战、建国、公私合营、"大跃进"、三年困难期、"反右"运动、"文革"、上山下乡……一个苦难远远多过幸福的时代，被雕花老床完整地见证，于是它的每一丝纹理、每一道刻痕，都镶嵌了悲伤的诅咒……是的，我猜测，也许那是一张受过诅咒的床，任何人睡在里面，都会变得不快乐，一如我的外公，我的大舅。

大舅现在依然每天睡在这间卧室里的这张床上，幸好他的儿女已经不再居住于老房子，他们也不再愿意在那样一张老床上安顿每天的睡眠，如此我便感到庆幸，也许，那种不快乐的人生，随着老床的淘汰，也不再会延续到下一代了。

成年以后，某一次在徽州古城游玩，看到古村落的农家竟有许多外公老床上那种雕刻，许多乡村民居的门楣、照壁以及家具，无不诉说着有关"福禄寿喜""五子登科"的故事。然而当年，我那谨小慎微的外公却置身于那样一张意象丰富的床，做着一个近乎与世隔绝的人。当他遭遇一些无法逃避的内务和外事时，他的女婿，我的父亲，当仁不让地成了这个家庭的"内政和外交大臣"。

与外公相比，我的父亲是那么健康而强大，为了岳父究竟被定罪为"人民内部矛盾"还是"敌我矛盾"，他给当时的县革委会写信，还亲自登门去交涉、谈判、申辩；不知哪个小姨子谈对象了，男朋友的家庭出身与工作状况并未令他的岳父母满意,他便替代他们,以家长的身份做小姨子的思想工作;他那念小学的最小的小姨子在学校里被造反派出身的所谓老师无故殴打至小手指骨折,他去学校找那位"老师"理论,大约是造反派的蛮不讲理惹恼了他,他竟以牙还牙,把那个打人者打得口唇红肿满面淤青;在西双版纳插队的小姨子和男朋友黑了户口逃回上海,为了使他们能自食其力,他负责教会小姨丈油漆家具的手艺,替他招揽生意,带他一起去干他揽来的"私活";在那个买什么都凭票的年代,他利用他的人脉,开着他那辆小货车,一次次装回副食品、日用品、紧俏商品,为那个大家庭提供了尽可能的物资保障;在他的经济资助和精神支持下,他那亦是从西双版纳"逃"回来的无业多年的大舅子成了改革开放后的第一批个体户……这么不喘气地写下一连串"小姨子"和"小舅子",我几乎感到严重的口干舌燥,太多了,从鸡毛蒜皮到婚丧嫁娶,没有一样是他管不到的。是的,他有四个小姨子,两个小舅子,他有一对岳父岳母,他有一个妻子,他还有一双年幼的儿女……他简直成了那个大家庭的守护神,而我的外公,却躲在楼上的卧室里,始终充当着一名不需拿主意的男主人。

我猜想,也许,我的外公是把他的大女婿当成了一个可以替自己做主的"兄弟",他放手把一切家事托付给他,对这个"兄弟"抱以绝对的信任,在他的两个儿子拥有足够的经济实力和社交能力之前,这个"兄弟"充当着他的使者、大臣、执行官、常务专事……这个"兄弟"唯一担当不了的,是他的家产继承人。可是赤贫出身的女婿似乎从不介意,依然竭尽所能地做着岳父的铁杆"兄弟",哪怕已经身患AD,甚至已经不记得这个"爹爹"与他之间是什么关系,他依然用仅剩的某种能力——替他揉捏腿脚,来担当他一如既往的"兄弟"角色。无怪,他会告诉我们"张明奎是我的老朋友",那是他留在血液里的记忆,是他正在塌陷的生命之墙最底下的那层地基。

七十一岁的父亲就这样站在八十九岁的外公床前,那个因脑梗而口齿不清的老人一如既往地认出了他的女婿:金富,你来啦——

而我的父亲,只是默默地替他的岳父揉捏着萎缩的双腿,目光散淡,面无表情。

外公的病房很小,大约八到九平方米,里面住着三位老年病人,一名护工负责四到五名病人的护理和清洁工作,包括吃喝拉撒、换纸尿裤和尿袋、擦洗被排泄物污秽的臀部、换洗床单被褥、替病人翻身,等等。外公的护工叫小张,来自河南,她经常忙得从这间病房窜到那间病房，说话嗓门极大。每次去医院探望外公，我总会听见小张的声音从不同的病房传来：你要气死俺咧，刚给你擦完身，又拉屎咧？——声音实在巨大，像农民站在田埂上向大田里劳动的同伴用方言大声呼喊，如此，倒可以清晰分辨她究竟在哪个病房，找到她便也不难了。

外公所住的这所乡级卫生服务中心（以前叫卫生院），安顿着许多无法治愈疾病而失去自理能力的老人。如今的乡级医院，主要职能就是充当老年人的护理院。每次去探望外公，那间十平方米左右的小病房都因塞进三个探病家属而显格外拥挤，房内每一个角落、每一丝空气，都弥漫着某种凝固的气息，身在其中，仿佛进入一间久不通风的仓库，生命的更新极其缓慢，甚而停滞不前，衰老的脚步却马不停蹄。那些长期卧床的躯体以孱弱的新陈代谢存活着，如同一段段朽木，散发出受潮后无缘接受光照而使真菌大面积滋生的宿古霉味。

这情形，不由得让我一次次想起我未来的"临终诗社"。当我老去的那一天，我想，我要选择一所坐落在乡村田野中的养老院，那样我就可以呼吸到最新鲜的空气。我还要选一间可以晒到太阳的病房，否则真菌就会见缝插针地进驻我的躯体，它们快速而悄无声息地滋生和蔓延，很快，那些如同密密麻麻纠结在一起的白色线虫般的菌丝就会缠绕布满我的每一寸皮肤、肌肉、骨头缝隙……不，我不要那样的衰老，虽然我是一段行将腐朽的枯木，但我依然希望自己是干燥和洁净的。

我就这样默默地看着躺在病床上的外公，和我那站在床前煞有介事地替外公做着按摩，大脑却已混沌的父亲……有一天，我也会如同他们一样衰老，这是每一个生命都无以躲避的临终之路，只是我不知道，我的外公，我的父亲，此刻，他们的心中，有没有哪怕一丝浪漫的诗意？

十、病房故事

1、三号床

因为每周四都要送父母去医院探望外公，一年来，我目睹了外公病房里多轮病人的更易。病房就像一个微缩人生舞台，人们在这里演绎一场场生命折子戏，有人演完后回到他的真实人生中去了，有人停留在戏里，无力回到现实，也有人，干脆从这个舞台直接走进了另一个世界……

2012年春天,外公终于脱离生命危险,从重症监护室转到现在这家医院。最初去探望外公,我就注意到同病房的三号床,那个小个子中年人,黑瘦,沉默寡言,因患淋巴癌不久前刚动过手术,脖子里终日捂着一大圈厚厚的药纱布,据说纱布下面藏着一个巨大的刀口,这使他好像随时围着一条显得特别肮脏的白围巾。

三号床的身体似乎还结实,能下床走动,能自己去打饭,上厕所,去病房外的院子里散步……相比长期躺在床上并且为防止他抓自己身下的尿垫而被护工用布条把双手缚牵在床栏上的外公,他就是一个幸福的自由人。

他很少说话,我只听过他两次开口,却是那种近乎漏风的瓮声瓮气的类似女性的音质,这使我几乎怀疑,不久前的那场手术摘掉的不只是他脖子里的肿瘤,连带着还摘掉了显示他男性特征的喉结。第一次听三号床开口说话,是他对一位来医院探望他的亲戚叙述自己的病情:我这个病,现在么,就是吃吃困困,等死啦,三个月,还有三个月可以活……

说着,他向亲戚伸出三根黑瘦的手指,顷刻间,生命被他这么简单粗暴地丢掷于三根黑乎乎的手指,一旁偷听的我顿时感到不寒而栗。然而他那类似女声的音质,又使他的语调充满调侃,似乎没有忧伤和焦虑,仿佛,他正站在时过境迁的未来，指点着一个已顺利完成死亡过程的生命，俨然一副局外者的从容态度。

我猜想，他是一个看似弱小，事实上内心十分强大的人。

之后的一个月，每周四我都会看见他，他脖子里那条肮脏的"白围巾"一直没有摘掉，并且上面的污迹有日渐深重的趋势，就好像，那些在他脖子里顽固挣扎的癌细胞在药力作用下不断融化，又不断重生，伤口里便随时涌溢出肌体局部死亡后分泌的脓黄液体。

可他的精神状态却并不像一个病入膏肓的人。有一次，我看见他端着一个不锈钢饭钵，歪着被污迹斑斑的"白围巾"缠绕的脖子走出病房。十分钟后，他端着装满饭菜的饭钵回来，在床边坐下开始吃。才下午四点，还不到晚饭时间，他已经饿了？我看了一眼那只饭钵，堆尖的稠粥和肉糜豆腐，他吃得很快，没有一般病人食不下咽的痛苦状。

还有一回，二姨去看外公时顺带给三号床捎去一罐特色肉松，因为前一个礼拜他看见二姨给外公送去这样一罐肉松，他说这种肉松他从未品尝过，请临床的家属下次来时给他带一罐。如此看来，他似乎真的在尽情享受最后三个月的生命，在捉襟见肘的能力条件下，他竭尽全力地要去品尝和见识他短暂的一生未曾领略过的人间滋味。

他是一个多么乐观的人！他几乎让我佩服。

又是一个星期四下午，我和母亲正喂外公喝牛奶，三号床那边忽然传来手机音乐铃声。半靠在床上休息的小个子男人反应极快地伸手到枕头边摸手机，可是没有，手机没在那里。他起身找，音乐急促持续，他翻遍了被子却没找到，音乐停止了，失去了声源，他便更是无从寻找那个隐藏身手的电话机。

我走过去帮他找，床底下，床头柜下，没有。我说，把你的号码告诉我，我给你打个电话，让铃声响起来……他报出了十一个数字，这是我第二次听他说话，是对我说的，只是，他的视线始终没有正对我，似刻意逃避我的目光。

我拨通了他的手机，在音乐铃声的召唤下，我从床脚与墙头的夹缝里拣出那只棕褐色小手机。我把手机交给他，他伸出他那有着五根黑乎乎的指头的右手接了过去，然后迅速躺回病床，目光自始至终躲闪着我，连一声"谢谢"都没敢说。是的，我确定他不是不懂礼貌，而是不敢。面对一个比他年轻的健康女人，他不敢正视一眼，甚而连"谢谢"两个字都羞于出口。彼时，我忽然明白，这个看似正潇洒地享受着最后三个月生命的男人，其实内心有着多少伤怀，多少自卑。

我决定，下次再来看外公时要主动与三号床打个招呼，问候他一声，算是我送给他这个走至生命尽头的男人的一份微不足道的享受。对于健康人来说，一声问候，实在是太过容易得到了，而对于一个仅剩下三个月生命的病人，即便每个周四我都对他说一声"你好"，也是我能给他的最后十二次"你好"了。

然而，三号床并没有给我机会。因为出差，接下去一个月我没去探望外公，直至出差回来的那个周四，踏进病房，我发现，靠窗的三号病床已经被一位新来的病人占据。

他没有挺过三个月，也许那罐特色肉松他还没吃完，我还没来得及主动问候他一次，他就提早在这个舞台上谢幕了。我仿佛看见他向每一位惊讶于他如此之快地退出生命舞台的亲友伸出三根黑乎乎的手指，并且用他那几乎漏风的瓮声瓮气的类似女性的声音说：这可以代表三年，也可以代表三个月，还可以代表三个星期、三天、三小时，或者，三生……

三号床很少开口，他不会这么啰唆，我确定。为此我总是觉得后悔，倘若我的那声"你好"能早一点送给他，也许他就会有勇气在与我说话时把目光看向我,哪怕只是一眼,不需胆怯、不需自卑地,与我对视一眼。

2、哭泣的邻床"外公"

二号床瘦弱的身躯在白色被褥的覆盖下显得扁薄如纸,倘若不是那颗露在被子外面的苍老的瘦脑袋,我几乎无法确认被子里还藏匿着一具躯体。这是一个与外公同龄的老人,神智比外公清明一些。每次我推门进病房,他总会看着我,面露微弱笑意,大概,他是在与我打招呼。我便也对他点头微笑,算是回复他的问候,然后才转向外公的病床,凑到外公几乎聋了的耳边大声喊:外公!我来看你啦——

因脑出血后遗症而反应木讷的外公认出了他的外孙女,便开始显摆他满腹的学问。他口齿不清地用英文问候我,并且还要加上一句:Grandpa miss you very much!(外公很想你!)惹得护士和护工跟着笑。我便逗着外公多多说话,锻炼口齿,毕竟老人患病中,且年龄也已将近九十,很多时候词不达意,听我们的话又断章取义,回答得牛头不对马嘴,不过倒也成了一种幽默。我们便在与外公的交流中不断发出笑声，那会儿，病房里洋溢的气氛倒是祥和欢愉。

只有二号床，始终默默地躺着，脸上没有一丝笑意。我一直以为，那是因为他与外公一样耳聋，听不见我们在说笑什么。

有一回，我正与母亲一起给外公洗脸擦手，忽然听见身后的二号床发出声音：便，便……我赶紧转身问他：要大便？

他看着我，目光殷切。我立即转身跑出病房，在走廊里呼叫护工小张。小张从对面病房出来，不紧不慢地往这边病房走：不会吧？二号床刚大便过，他总是喜欢瞎叫唤。

小张走到二号床边，也不管我们在场，就掀开二号床盖住下身的被子查看，我赶紧扭头转移视线。忽听小张大声呵斥：你干吗把尿袋扯掉？尿都撒床上啦！刚给你换上的床单又脏了。要不要打屁股？要不要打？

我回头，看见小张高举的手掌正落下，"啪啪"两声，打在了二号床裸露的黑瘦臀部上，嘴里还吆喝着：以后扯不扯尿袋了？再扯再打屁股……

一时间我不知如何对待这突发的状况。看小张的落手，虽然"啪啪"作响，却似乎并不重，不至于真的打疼老人，口吻又像是在训斥孩子。我相信，这个河南妇女在家里就是这么教训不听话的孩子的，也许这是她的常态，对自己护理的五个病人，她素来是这样的态度，家里的孩子尿床了，难道不打不骂？

我想，我一定无法向她解释清楚孩子尿床与老人尿床的不同之处。打骂孩子是为了孩子长记性和进步，是教育孩子。打骂老人，就是虐待了，因为你的打骂起不到让老人长记性和进步的作用，你的唯一职责就是照顾他，服侍他，而不是教育他。可是小张怎么可能懂得这些？她连大字都不识几个，于她而言，尿床了，打几下屁股，多么正常，怎么能算虐待病人？

小张喝骂着又在二号床臀部扇了两下：看你还扯不扯尿袋了，还尿不尿床了……

老人仰躺着，双膝屈起，尽力避开床上一大摊被尿染湿的地方，眼睛看着居高临下的小张，目光充满了无辜和无奈。他无法解释自己为何要去扯尿袋，他也保证不了自己还会不会伸手到被窝里去扯那个尿袋，他只能呆呆地看着训斥他的护工，一言不发。旁观的我，心里却越发觉得揪紧，便对小张说：别吓唬他了，他家人不在，他会觉得伤心的。

小张住了口，开始替二号床换床单和尿垫。我转身出了病房，我不想让那个虽然已经衰老但依然当属男性的枯萎躯体赤裸着在我面前呈现，尽管我不知道二号床内心是否还留有自我尊严的体验，但我还是觉得我应该离开，他的躯体已经无以遮蔽，我不能再让他在精神上因无能为力而失去尊严。

又是一个周四，踏进病房时，二号床看见了我，他从被子里伸出一只筋条凸起的瘦手向我招了招。

我猜他认错人了，他把我当成了来探望他的亲人，可我还是凑过去问他：您是叫我吗？

他微笑着点了点头，犹豫了几秒钟，努了努干瘪的嘴唇，说了一句：住在这里，没意思，跟你姆妈说一声，送我回家。

心里一惊，立即发现，几次来探望外公，我从未见过二号床的亲人，一直认为那只是时间错位，我来的时候，正好不是他的亲人来探望的时间。那么现在，他是把我当成他的亲人了？他所说的"你姆妈"是谁？我不知道该怎么回答他，只是盲目亦是言不由衷地劝他：家里人都要上班的，你住在这里还有护工照顾你，这里才好呢……

他摇摇头，诺诺道：没意思，活着真没意思。说着看了我一眼，下巴缩进被窝，嘴角瘪了瘪，眼圈湿了。

他哭了？他感到孤独？我哑口无言地看着他，脑中迅速搜索着该说的话，可是一句都找不到，我说不出任何话，可我不能就这么看着他伤心却什么都不说。犹豫了片刻，我对着缩在被窝里的老人叫了一声：外公！

他抬起眼皮看我，有光亮在混沌的眼睛里闪烁了一下，然后，我看见他努力地、深深地抿住嘴巴，仿佛正竭力控制情绪。僵持了好一会儿，他终于无法忍住，哭了出来，枯黄的眼泪从眼角边不断渗出。我更是不知说什么才好，只能又唤了一声：外公！我来看你了。

他不是我的外公，我的外公正躺在相邻的一号床上由我母亲喂食银耳红枣羹，我的外公聋着耳朵却还在如数家珍般地喃喃念叨他七个子女的名字，从老大数到老七，再从老七数到老大。每天，他的七个子女的其中一个会来看他、陪他，变着法子给他做好吃的易消化的食物。我的外公听不见，却能一眼认出他的大外孙女，并且还会问我：喽喽来了吗？

我便给外公戴上助听器，大声回答他：喽喽上学呢……喽喽要考试了，在家复习功课……喽喽这学期得了个"双优生"……喽喽是我的儿子，是外公的重外孙，每次听到喽喽的消息，他总会用力伸出被布条绑住的手，跷起大拇指，口齿含混地说：Very Good!（非常好！）争气宝！

当父亲把我忘记：隐秘的告别

他还有更多的重孙和重外孙,有时候他那害过病的脑袋想不过来,便忘了那几个更小的孩子的名字。虽然他这一辈子并无什么建树,但他有着绕膝的子孙,他的大家庭人丁兴旺,也许这是他此生最感到满足的大成就,就这么躺着想想他那些子孙,也不会觉得寂寞吧。

可我从来没有见过二号床的亲人,他总是独自一人躺着,睁着眼睛默默地看天花板。我问护工小张,二号床有没有家人来?小张说,就一个女儿,来也是看看就匆匆走了……

我猜测,二号床对我说的那句话"跟你姆妈说一声,送我回家",我想,他所认为的我的姆妈,就是他的女儿,而我,就是他的外孙女。他果然错把我当成了他的外孙女,我想,我叫他"外公",一点都没叫错。

那天临走时,我对二号床说:外公,你好好住在这里,安心养病,身体好一些再回家,好吗?

他点头,伸手擦眼睛,我说:我还会来看你的,下个礼拜再来看你好吗?

他点头,挥了挥手,哽咽着说:走吧,早点回去,天气不好,路上当心点。说完埋头钻进被窝,不再看我。那情形,亦是令我不由地鼻酸。

那以后,每次去探望外公,我总是在踏进病房后首先看向二号床,而后响亮地叫一声:外公,你好,我来看你啦!

他木讷的眼睛会忽然发亮,然后反应过来,向我点点头,微笑着说:来啦!

我知道他有一个女儿,我猜他还有一个外孙女,不知道他的外孙女与我年龄是否相仿,总之,从他向我招手那次开始,他就把我错认作他的外孙女了。倘若果真是这样,那就权当是一位陌生的长辈对我的爱宠。他不是我的外公,可我愿意这么叫他,这让我感到内心有轻轻的安慰,我希望,这种轻轻的安慰,在我叫二号床"外公"时,亦会从他几近枯竭的心海里静静地滋生。

3、铁栅栏里的人们

那所叫"张家楼"的古老院子,院门上挂的是"精神卫生中心"的牌子。某年某月的某一天,有一户张姓富庶人家,把私家花园和花园里的小楼腾了出来,不知是出于主动还是被迫,总之,"张家楼"成了新社会的集体资产。张家的子孙早已在俗世中隐匿了踪迹,而他们家的那栋砖木结构二层小楼,以及紫藤遮蔽青苔覆砖的庭院廊阁，五十多年来，一直充当着一所特殊的病院。

张家楼里住着一群特殊的病人，小楼从早到晚紧紧锁闭着楼门，每一扇门和窗户都装着密密匝匝的铁条，铁条围绕的屋子里住着一些神情呆滞抑或行动缓慢的病人。我不知道在那些病人眼里，外面的世界究竟是什么样的。我猜测，也许他们看见的那个自己无法参与其中的世界，是由铁条分割的一块块长方形拼图组成。这些拼图在他们眼里不断裂变，不断组合，他们脑中的世界因此时而分裂，时而错乱。他们无法拼凑出一幅完整正确的图案，他们被关在那栋铁栅栏围锁的病房里的原因，就是他们眼里抑或头脑里的世界与我们不一样。

每次替父亲去配药，我都会提早一些到"张家楼"，挂完号等待开诊那段时间，我就去病房楼大门外站一会儿，看看他们。午饭过后时段，病人们聚集在底层的大厅里休息。一道双开玻璃门和一道铁栅栏隔离了我和他们，但我可以看见大厅里的情形，虽然隔着森严的铁围栏，但我还是看清了他们的身形、脸面，以及他们在做什么。

穿竖条纹服的病人们，有的坐着发呆，有的透过玻璃朝外张看，有的在打扑克、聊天。打扑克或者聊天的病人看起来很正常，倘若不是森严的铁栅栏，倘若不是几位白制服护士穿梭其中,他们就像物流公司午间休息时聚在一起打牌的搬运工和司机。他们亦是反应灵敏,铁栅栏外出现一个女人,他们立即发现了。于是两个胆大的凑到玻璃门前看我,一个冲我嘻嘻笑,另一个,毫不胆怯地直视着我,几乎把鼻尖触上玻璃,他们身后的另几个,正朝我指指点点……作为一个只能用眼睛观望他们的不速之客,我想我该向他们表示一下问候。于是我举起右手,向玻璃门内挥了挥。有几个似乎见多识广,嘻笑着也朝我扬手打招呼,一点都不怯场,却又在放下手后推推搡搡笑成了一团。

他们简直像一群孩子,可是他们的年龄看起来不小了,大多中年以上。我细细观察了一下,那些聚集在一起玩的,比较活跃的,年龄都偏大,好像对周围的环境很是熟稔,也许已在这里住了许久,甚而是常住,或者几进几出无数回,老兵油子了。年轻人往往落单,有的坐在角落里沉思,有的直挺挺站在墙角抬头冥想,也有的东张西望一脸恐惧。角落里,两个女患者在护士的带领下做纸工,是用来装点病房的挂饰。她们很专注,手里摆弄着彩色几何形纸片和胶水,脑袋深深地垂着,几乎钻进桌上五颜六色的彩纸堆里。我注意到,她们手里以及桌上没有剪刀,也没有胶带。我知道,因为这里居住着一群特殊的人，这里不可以有任何可能产生危险后果的用具杂物，哪怕是胶带。

的确，这间像教室一般大的休息厅里，除了桌椅什么都没有。那些竖条纹病号服里装着的躯体，就聚集在这个没有任何多余设施的空间内，无所事，亦无所思。可是他们并没有蠢蠢欲动，他们每天要服用镇静剂，几乎每个人都显得安静而好脾气。可是仔细观察，便会发现他们呆滞抑或散乱的目光里隐藏着错愕，以及惊惧。是的，惊惧！这并非我的想象，虽然我从未亲眼见过精神类医院如何治疗那些发病的患者，但我显然看见了他们眼神里的惊惧。他们惧怕什么？惧怕谁？是什么样的记忆令他们缺失的心智里顽固地保留着某种恐惧？他们是惧怕医生？惧怕医院？惧怕世界？惧怕自己？我无法闯进他们的胸腔窥探到他们的心脏因何而颤抖，所以，我不知道。

也有狡黠和调皮的那么两个，看见玻璃门外的我，凑过来对着我笑。我亦以笑回报他们，这笑便使他们得了鼓励，于是，一个长得像一段瘦小枯焦的树干的中年男人冲着我启口说了句什么话，隔着玻璃，我听不见。

我摇了摇头，指了指耳朵。他明白了我的意思，便用双手拢住嘴巴，嘴唇冲着玻璃一阵努动，玻璃顿时被他呼出的热气熏上一摊椭圆形白雾。白雾消散，我却依然只能对他摇头,我还是听不见。他回头看了看坐在女病人中做纸工的护士,确认她们没有注意他,便伸出两根手指放到嘴唇边,做了一个吸烟的手势。我终于明白,他是问我要烟。

他一定犯了烟瘾,也许医院有禁止病人抽烟的规定。看他样子,一定是在这里住了很久的老兵,是,很久了,他还是没有忘记曾经的嗜好,便逮着一切机会找烟抽,哪怕一个并非访客的陌生人偶尔站在玻璃门外看他们一眼,他也不肯放过机会。可我没有烟,并且即便我有,我也无法让烟穿越铁栅栏围困的紧闭的玻璃门交到他手上,我只能朝他翻了翻空空的口袋,摇了摇头。他本是有所期待的目光迅速萎靡,他很失望,但他还是冲我礼貌地笑笑,有些无奈,还带着一丝自嘲的尴尬。

我想,我并没有在解读这位病人的表情时夸大其丰富度,他的确是一个表情丰富的病人,在那群没有表情的躯体群中,他显得机灵极了,就像一个因过于调皮捣蛋或者桀骜不驯而被误诊为疯子的人,一个长期困顿在精神病院里的正常人。他让我想到了"麦克墨菲",想到了那部经典电影《飞越疯人院》。

他终于相信我不能给他带去任何东西,哪怕是一支烟,于是坐回椅子,远远地看着我,脸上依然有笑意。

他边上一个高大的胖子则侧脸对他嬉笑着,似乎在嘲笑他并不成功的索要。他狠狠捅了一下胖子的腰眼,胖子不生气,反而笑得更畅快更憨态可掬了。他便也跟着胖子一起笑起来,无声,那张完全打开的瘦脸因为笑而布满千丝万缕的褶皱。

开诊时间到了,我离开了玻璃门。替父亲配完药,我从停车场把车开出来。出医院大门时必从病房楼的玻璃门前经过,我停下车,打开车窗,想再看一眼铁栅栏里的他们。

"麦克墨菲"发现了我,兴奋地从凳子上站起来,凑到玻璃门前看我。我冲他挥了挥手,他也伸出手朝我挥了挥,站在他身边的大胖子也向我挥了挥手,然后我看见,大胖子的身后,那几个呆滞抑或散乱的目光里带着些许错愕和惊惧的人,也举起手,冲着铁栅栏外挥了挥……

我说:下次再来看你们,再见!

他们无法听见我对他们说的任何一句话,紧闭的玻璃门以及森严的铁栅栏把他们远远地隔离在世界另一端。并且我知道,下次再见时,我依然无法把烟交给"麦克墨菲",他依然会失望。如此,我与他们说"再见",于他们而言,又有什么意义?

一路开车,我的脑子里不断浮现着"麦克墨菲"和胖子站在一起和我挥手的样子,不知道"张家楼"的医生会不会让那些病人玩打篮球之类的游戏,好像,停车场边上有一个小小的篮球场。倘若他们有篮球打,"麦克墨菲"会不会让胖子把他抱起来练习投篮?胖子很高大,完全可以扮演那个"印第安酋长"。也许有一天,"麦克墨菲"在"酋长"的帮助下,果真能成功地"飞越疯人院",离开那所让外面的自由世界看起来像一幅幅分裂或者错乱的拼图的囚牢。

十一、母亲的困顿

终于面临新的问题，我那热爱学习、热爱工作的母亲，在面对共同生活了几十年却在短短一年内把她遗忘的老丈夫时，陷入了一筹莫展的困顿。

刚辞掉那份每月两千元薪水的工作时，她逢人便说："我不做了""我辞工回家了""停下来了""七月一号开始的"……别人对此是否感兴趣她不在乎，仿佛她有义务告知所有熟悉和不熟悉的人她的工作和生活状况。这也许是她的性格，但我知道，这更是一种无法释然的情怀，因为那份工作让她充分享受着一个退休老人继续发挥余热的成就感,那是她整个职业生涯从一而终的热爱。她曾经被公认为单位数一数二的业务骨干,年轻时在财务系统各级珠算比赛中屡屡得奖,退休后十多年从无空缺地被继续聘用着。对她来说,这种被需要、被尊重的感觉无疑是莫大的享受,因此在她的老伴被查出患了AD的起初,她还心存侥幸,拖延着不肯辞工。对未来必须待在家里全心照顾老伴的生活,她近乎掩耳盗铃般地抗拒,理由牵强,甚而自欺欺人:看病吃药都要花钱的,这几年我都攒了五万多元呢,多少可以补贴点家用。再说,张总把账务工作全交给我,他最相信我,工资开得不低,年节还给红包……

我只能苦笑,张总要是全部聘到我妈这样的退休熟练工就好了,他们的职业素养和业务水平远非当代青年可比,他们是在社会主义新中国成长起来的第一代钢铁战士,我的母亲,就是这样一个老"铁姑娘",给她劳动的权利,就是对她最大的褒奖。她非但从不提加薪的要求,为了报答老板对她的信任,她卖力得就像在为自己的儿子打工,恨不得鞠躬尽瘁死而后已。这个除了记账轧账拨算盘数钞票以外别无特长的老妇,她似乎无法明白,在她六十七岁的今天,家庭对她的需要已是迫切到燃眉,我们的家，我的父亲她的老伴，我们缺了她，寸步难行。

我便许多次地重复劝她：爸爸有医保的，即使要花钱也应该由我们子女出，不用你赚钱贴补家用。张总那边你更不用担心，那么多财会专业的大学生等着就业呢，把机会让给年轻人吧。现在的问题是，爸爸需要你，我和弟弟需要你，我们的家需要你……

听我这么说，她便似一个愿望得不到满足的小女孩，霎时间眼泪汪汪起来。我无言以对，我没有勇气对她说出那些在心里如沸腾的开水一样翻滚了无数遍的话：妈妈，请您辞工回家照顾爸爸好不好……我不能说这样的话，即便她的月薪只是区区两千元，那也是她将近古稀的生命依然鲜活的证明，亦是她价值的体现。是的，她所在意的，不是用劳动换取的两千元钱，而是被需要、被认同的那份成就感、荣誉感。是的，那是属于她的权利。

然而她终于还是辞了工，比原来打算把余热发挥到七十五岁的计划提前了八年。可那不是她心甘情愿的选择，她是在父亲几乎精神失常的逼迫下不得不忍痛割爱，她因此感到委屈至极。虽然已经辞工回家，但她还不时叨叨：我可以洗衣服、拖地板、做饭，我可以做家务，照顾老头子的事，我可做不好……她不断地强调，她是不擅长照顾病人的，哪怕这个病人是与她共同生活了四十多年的丈夫。

过去，她也常常在我和弟弟面前声称：你们以后有了孩子，可不要叫我带，我带大了六个弟弟妹妹，早就带烦了，带腻了，所以我不喜欢小孩子，自己生的儿女，那是没办法……总之，伺候人的事，我最怕，最不喜欢。

是的，她不喜欢伺候人，也不愿意伺候人，她生于黑暗前的黎明，长在红旗飘飘的新社会，她接受的是打倒剥削、消灭不平等的教育。在那个年代，她那资产阶级的父亲毫无悬念地被打倒，对此她似乎并没有太多异议，她安心地接受了现实，日后也很少听到她控诉那段被剥夺家庭财产、生存自由以及学习权利的遭遇。许多人与她一样也经历了那场浩劫，她没有感到被抛弃，她记得更多的是恐惧，而不是孤独。只是偶尔回忆起她的母亲我的外婆许诺她出嫁时送给她的那对婚戒亦在抄家时被没收，她才会表示些许的遗憾：结婚前一个月，红卫兵来抄家，我妈的首饰全没了。唉！要是早一个月结婚就好了……

在那个不提倡婚庆仪式的时代，她静静地结婚了，甚至没有一对代表着爱情誓言以及承载着婚姻意义的戒指。原本应该属于她的私有财产被掠夺，却没有让她产生有关自由和权利的质疑,她只是为那对漂亮的戒指未曾在她和她的新婚丈夫手指上套哪怕一天而略觉遗憾。是的,她在乎的不是权利和自由,她在乎的是某种证明她从此走入婚姻的仪式。

她终归还是安于命运了,那些年,全中国有几对青年男女敢于冒大不韪而举行一场封建阶级抑或资产阶级崇尚的奢靡的婚礼?他们没有喜宴、婚纱、戒指,可他们有军装、皮带、"红宝书",不容任何非分之想,她进行了一场那个时代的适婚青年趋之若鹜的婚礼,平等的、朴素的、革命的婚礼——他们双双去父亲老家的公社革委会开了一张印有"毛主席万岁"字样的结婚证,然后到照相馆拍一张身穿军装、手捧语录的合影,又去供销社杂货店买几斤什锦糖分发给邻居、亲戚、朋友,然后,再然后,什么都没有了,剧终!

她就是在这"平等"的环境下得到了受用终身的教育,这种教育让她从资产阶级小姐蜕变成一个名副其实的无产者。无产者最光荣的权利莫过于劳动,是作为国家的主人幸福而自豪地劳动,而不是地主资本家剥削压迫下的劳动,她像一个真正的无产者那样,坚决奉行着这一原则,也就是说,她坚定地认为,她是不会回到旧社会,去做一个伺候别人的人了。

她还清晰地记得，在没有摆脱资产阶级小姐身份的年代，她每天都被她的母亲使唤着。她的妈可不是后妈，只不过，谁让她投胎了有勤俭持家传统、曾经开过信丰祥绸布庄、如今却已落入平民阶层的老张家？谁让她做了七个兄弟姐妹的大姐？伺候家人，那是天经地义的事啊！连反抗封建家庭制度离家出走都是缺乏底气的。幸好，新社会已经到来，在她成长为一名青年女子时，她终于离开那个大家庭，开始了"生活在别处"的日子。她拥有了一份十八元月薪的工作，继而恋爱、结婚、生子，她终于可以大声宣布她不喜欢伺候人，她不会伺候人。她是自己的主人，和一个男人结婚并不代表她从属于他，她有工作，她和男人一样靠着劳动赚钱养活自己，甚至还能养活她的孩子，当然，丈夫和她一起赚钱养家，让她得以把孩子养得更好……这一切都说明，她和她的丈夫是平等的。当然，工作之余她兼顾了大部分家务，但这并非为了伺候谁，而是分工合作的一部分。婚姻就是一项工程，需要夫妻双方合作，共同去建设属于两个人的家庭。所以，当她那不再创造财富的老丈夫竟丧失了与她合作的能力时，她崩溃了，她居然要去做一个伺候人的人了。

　　是的，她的丈夫率先进入了垂老，垂老使他成了一个不懂事的孩子，可他不是她的父母，不是她年幼的弟弟妹妹，也不是她自己生养的儿子女儿，她怎么可以无条件地去伺候一个与她有着平等地位的人呢？她真的不会伺候人，也不会哄孩子，更不会哄她那个老孩子，要知道，这辈子她一直是被这个老孩子"哄"的。她可以把灶台擦拭得不留一丝油腻，把地板拖得一尘不染，把衣服洗得洁净如新，可她不记得要定时催促他吃水果蔬菜喝水以防便秘，她也不觉得每天与他聊天带他出门散步有多重要，她以为做完了所有家务之后，就可以守着电脑看她钟爱的电视连续剧，可以上淘宝网、东方CJ、京东商城挑选她喜欢的商品，老伴的病让她不能走出家门，那就上网，在网上逛街购物算账理财……网络真是个好东西啊！她足不出户，却可以了解市场动向，知晓时令变化，网络使她的退休生活变得丰富多彩，甚至充满诱惑，只要还能上网，她便不会寂寞，倘若可以，这也算是她的精神追求吧。然而，她的老孩子怎么顾得上她那些所谓的"精神"需求？他不关心她看到一半的电视剧情究竟如何发展，不关心她要买一套漂亮的玻璃碗必须全方位考虑淘宝网上N家商场从价格、材质、产地、信誉等性价比才能定夺花落谁家，不关心她的某一项理财产品已经到期必须把闲置的资金投入新的具有效益产出的运营……她简直太忙了，哪怕不上班她也不肯闲着，她给自己布置了很多有意义的工作，要不她的生活还能叫生活吗？那只能叫虚度年华。

可是生活却不会那么乖顺地按她的希望呈现，她的老孩子亦是不让她拥有自己的生活，在她电视剧看到正精彩时，在她正拨着算盘计算理财产品的利息时，在她一次次刷新团购免运费打折商品网页时……他忽然从蒙昧世界里醒过来，对着电脑椅上她的背影发出令她头皮发麻的叫唤：姆妈——

他已经病到一不小心就会忘了她是谁的程度，他睁开眼睛的第一声呼唤就是"姆妈"，于是她宁静的网络生活被打碎，痛苦的现实来临了。她似乎也包容忍耐了许多，对他不明事理的胡闹，她从态度和蔼的劝解到情绪焦灼的呵斥，直至最后的默不作声，她想用不回答、不应对来息事宁人。可是这个失去记忆的老头却能准确无误地解读她的态度，她对他好言相劝，他便软缠硬磨，她对他大声呵斥，他便还以恼怒的反击，她对他采取不理不睬的"冷暴力"，他竟意欲用他依然拥有的男人力量——真正的暴力来解决他混沌而不知所以的困境。

于是，突如其来的求救电话常常从我的手机中跳出，那个八位数字的号码像魔咒一样在屏幕上闪现，我的心脏紧随着一阵狂奔乱跳，然后，我听见电话里传来哭诉声：他要打我！他要打我了——

我忍无可忍地对着电话吼叫起来：他是有病的人，你会不会看护病人？你会不会自我保护？你要叫我怎么救你？

放下电话，我立即向七十公里外的父母家飞驰而去，一百四十码的车速，摄像头闪烁着拍下了我的违章行驶，可是我激烈跳动的愤怒的心脏无以自控，我想告诉我的母亲，他已经病了，他不是原来的他，不是那个你可以冲他撒娇出气，揶揄他、嘲笑他、贬低他，甚至骂上几句也不会和你计较的老公了。可他还是我的父亲啊！他什么时候对家人有过暴力行为？哪怕是暴力倾向，他都从来没有。几乎是在痛心疾首中，我飞车回到了那所令我恐惧的院子，我那一脸冤枉的母亲惊异地问：这么快？你怎么开的车？

我无话可答，我闪开她，径直闯进门，然后我看见了父亲，那个适才要对他的老伴施以暴力的老头，他昏暗的眼睛忽然一亮：哎呀呀，辛苦辛苦，你来啦！吃饭了没？要不要喝水？有什么东西要我帮你拿进来？没有？哦，你放假了？在哪所大学念书？好好好，争气宝，我的囡就是好……

他已完全忘了发生在一小时前的冲突，他亦把我当成了他十八岁的女儿，他欢喜地看着我，眯起眼睛笑，满足而幸福的样子。

我无奈地站在我傻笑着的老父亲面前，母亲在我身后低声解释：刚才还在闹，你一回来就不闹了……

胸中的怒火无可奈何地湮熄下来，我在沙发上坐下，右侧坐着木然无话的父亲，左侧，是我那依然满心委屈的母亲，她抱怨的声音在我耳畔嘤嘤作响，那些重复过无数遍的声音，令我几欲昏睡：

门锁坏了我来修，水龙头漏了我打电话找物业，切菜刀钝了我来磨，男工女工全落到我身上，他什么都干不了，还和我闹……

衣服都不会穿，早上起来把我的内衣套在身上；洗澡也不会调淋浴器，热水冷水分不清，一会儿喊烫死，一会儿喊冻死；吃饭不晓得端碗伸筷子，口渴不晓得找茶杯，撒尿不晓得掀马桶盖……

家都不认得，还吵着要出去，我不让他出去，他就站在落地镜子前推，推了半天推不开，还说我囚禁他，和我吵；已经不认得我了，早上醒来叫我"姆妈"，我告诉他，你姆妈1987年就去见马克思了，他倒好，看着我问：那我老婆呢？你看见我老婆吗？

……

她从未过得这样六神无主、焦头烂额，一辈子了，她始终在"平等"思想的指导下享受着她的另一半对她的平等付出。她是家里的内务管理者、财会工作者、政策执行者；他是她的外交大臣、技术工人、疑难杂症应急办主任……也许她从不曾感觉到自己一直是那么依赖他，他是她的幕后智囊，她的灵丹妙药，她的万宝全书，什么样的难题是他不能解决的？她头晕、心悸、胃痛、鱼刺卡了喉咙，她买菜时不小心丢了钱包，上班时受到粗俗的男顾客侮辱性的语言攻击，过马路被乡人的自行车擦伤皮肉，为孩子出痘子发高烧一筹莫展，为占用公共楼道不均与邻居发生口角，为涨工资名额中没有她的份要找单位领导谈谈……任何时候，任何事情，她的丈夫总会替她出主意、想办法，甚而及时从幕后站到台前，挺身而出为她解决难题。她从未想到，有一天她的幕后智囊，她的灵丹妙药，她的万宝全书，与她"平等"合作了几十年的丈夫会老到要完全依靠她的伺候活着。她无从下手而不知所措，于是不得不求救于她那一双已然成年的儿女，她断断续续的哭泣和语无伦次的诉说表达了她受害者深重的苦难：老头子要作死我了，这日子没法过了，我苦啊——

于是，我一次次地从七十公里外飞车赶去，我成了她新的幕后智囊、万宝全书、灵丹妙药……她在她的女儿面前哭诉，顺便追忆她的年轻时代，如今重新回顾，便是觉醒之后的揭露。那时候他对她是多么苛刻，多么小心眼，她几乎不能与男性同事或朋友发生工作以外的任何交往，即便只是多说几句话也会让他起疑心。可他自己呢？只许州官放火，不许百姓点灯！她可掌握着他的把柄呢……我不是她的闺蜜，我不能在她向我倾诉老公的"罪状"时毫不犹豫地给予她支持，我只能用不痛不痒的语言表示一下基本无效的安慰：都过去了，谁没有年轻过？

她果断地一挥女强人般的大手掌：老了也不消停，公园里一起唱歌的那个小老太婆，总打电话来约他，要学新歌啦，要参加演出啦。还有，小区里的老太太都认识他，我出去上班是为家里赚钱，他倒好，闲得要去讨好那些老太太，帮人家搬家、修理厨房地砖，教人家腌制糖醋大蒜，还给她们敲背按摩，他都快成万人迷了……

我听不下去了，我说，妈啊！你退休以后还去上班，我爸一个人在家，你让他干什么？他需要与人交流，你不陪他，他自然要去找别人，人家愿意约他唱歌，愿意让他敲背按摩，我们真心要感谢人家呢。其实，爸爸对家庭一向负责，这你总不该不承认吧？

她犹豫了几秒钟，说：我承认他对家庭是负责任的。可是我对家庭难道不负责？我对他难道不好？吃的喝的，我总把好的留给他，离了我他连袜子和衬衣都找不到，更不知道家里的日常开支和人情花销。你叫他伸出手掌五指并拢，你看他手指间的缝隙有多大！这种手相的人，一辈子攒不起钱。看看，看看我的手，一丝缝隙都没有，要不是我给他拢着、接着、掌控着，他能有现在这份家业？作兴到老还穷得叮当响呢……他怎么就一点不念我的好？退休了，还没让我享福，就要我来伺候他了。我真是倒霉，我怎么会嫁给他？

我几乎怀疑她患了健忘症，我的母亲啊！难道她忘了她的丈夫已是一个AD患者？她怎么只记得他对她的不好，却忘了他对她的好？我实在听不下去了，便反驳：爸爸对你的体贴关爱，我从小到大看得最多，你们这代人，没几个男人能做到他那样待老婆的。

母亲低头不再说话，她不能否认那些真实的往事，便不能否认丈夫对她的关爱以及对家庭的贡献。也许她是被他宠坏了，因为有他，她便不需周旋于外界的人际交往，亦是不需为重大事件拿主意，久而久之，她便失去了拿主意的能力，于是，她成了一个看起来果敢坚强，实际上犹豫软弱的女人。

如今,我那不会拿主意的母亲要独立面对世界了,于是前所未有地,她陷入了怨天尤人的苦难中。而他,却以残破的记忆扭曲地关爱着她,甚而依赖她、纠缠她……

写到这里,我忽然感到严重的不安,回顾前面的大段文字,我仿佛看见一颗长满疥疮的脑袋,那些抱怨的句子如同丑陋难闻的脓疮,遍布其上。我以为,母亲伺候父亲是不应该抱怨的,可我却不知不觉地在文字中通篇抱怨着,我的母亲用倾诉的声音抱怨,我用五号宋体字抱怨——这一发现让我立即心生愧疚。事实上,父亲的过早患病,的确让我内心深处对母亲抱有一丝责备之意,因为她一度认为是他拖累了她,害苦了她,让她无法继续干她热爱的工作,让她几乎失去人身自由。于是,我便在心里暗暗责怪她的自私。

然而,当我胆战心惊地打出"自私"二字时,我发现了自己的私心。当我面对病况日益严重的父亲,当我不得不打断正在进行的创作、学习、会议,接通母亲的求助电话,当我面对文档内那篇三个月前动笔却至今停留于第一章节无所进展的小说……我郁闷憋屈的心里顿时生出满腔的焦躁之气,抱怨如火山爆发般喷涌而出。可是我能抱怨谁？抱怨父亲？那是毫无意义的，因为他已是一个病人，我只能抱怨母亲，这个对伺候她的老丈夫充满抵触情绪的六十七岁老妇。

然而，我这么繁复累赘地解读我的母亲，也许根本就是一种误读，事实上，我依然无法让母亲释然于父亲对她的伤害，她感觉中的伤害。相比之下，我的抱怨毫不逊色，但我可以沉默地书写，或者以工作为借口暂时逃离，哪怕逃离得牵肠挂肚。那日，母亲又在我面前告状：昨晚老头子用洗脚毛巾擦脸，我就走开两分钟……我深深地吸了一口气，而后用近似玩笑的口吻回答：他犯的任何错都不是他的错，而是我们的错，谁让我们明知他脑子不好还让他自己洗脸？

我故意把人称代词叫作"我们"，我没有说"你"，我知道，我必须与母亲分担伺候父亲的责任，父亲用洗脚毛巾擦脸的当时，哪怕我在遥远的七十公里外，我依然不能说"那是你的错"，而要说：那是我们的错，我们没有伺候好他……

母亲继续抱怨：真是伤脑筋！上厕所把尿撒在马桶圈上，地砖也淋湿了，恶心死人……

忽然想起曾经亲历的某个场景，那是发生在多年前的一次事故：身高一米八零的X举着鲜血淋漓的手臂冲向厕所，他站在尿池前撒完一泡冗长的啤酒尿，又飞奔出厕所，流血的右手臂高举着，左手在裤裆上摸索着关闭拉链。十分钟后，X举着支离破碎的右臂被塞进一辆小车，小车向医院飞驰而去。留在原地的人们惊魂未定，他们发现，男厕所门口的地面上，撒了一地红色草莓般的血团，人们站在散发出血腥味的磨光石子地上议论着适才凶险的一幕，脸上写满了惊恐和忧戚……

那是一次远离上海的聚会活动，我的朋友X喝多了酒，在推门进入住所时，门上的玻璃忽然脱落，向着X的右手臂直坠而下，顿时，大块肌肉被幡然削下，筋骨顷刻裸露，鲜血如注喷涌……当我看到X时，他正举着手臂冲进厕所，他喝了太多啤酒，他急着要撒尿……

幸好送医及时，X得救了，被砍断七十多根筋的右手臂也得以保住。可是那个激烈而血腥的场面却深深地刻在了我的脑中。此后，每当经过任何男厕所门口，我都会情不自禁地想起X举着一条大块皮肉脱离骨头的手臂冲进厕所的样子，想象着淋漓的鲜血和汹涌的尿注同时从一具高壮的身体里喷然而出……因大量失血而岌岌可危的生命，以尿的形式坚持表达着生息的需求，危在旦夕亦需撒尿，他还能撒尿，一个还能撒尿的生命，终是鲜活着的生命。

是的，此刻我就是这么想的，父亲还能撒尿，并且还能站着撒尿，虽然把马桶圈和地砖弄脏了，但是，我们难道不应该为此感到庆幸吗？他的生命，其实还鲜活着。

于是我笑着对母亲说：谁让我们用完马桶没把座圈掀起来？以后记得就是了。

母亲点头，半年了，她终于稍稍接受了她那衰老的丈夫是一名AD患者的现实，只是依然需要倾诉和抱怨：唉！药吃了那么多，花了不少钱，怎么一点不见好呢？

我便反复重申那个必将到来的残酷而又无法逃避的事实：没有任何药物可以阻挡AD患者衰退的脚步，我们要准备好那个时刻的到来，也许会在几年以后，也许，要不了几个月……

总有一天，父亲对生命的表达，都将回归到动物的方式，那时候，他岂止会把尿撒在马桶圈以及地砖上？那时候，他将不记得撒尿要去厕所，不记得吃饭需要张嘴，不记得每一个他爱的人，和爱他的人……他将清空大脑，成为一具行将就木的躯体，躯体而已。那时候，倘若我们回忆起此刻的父亲，那个还知道去厕所站在马桶前撒尿的父亲，也许我们会感慨：那会儿，他是多么健康啊！

虽然，马桶圈和地砖被尿水淋得又脏又臭，但我们必须承认,那是一个直立行走的人在大脑思维的指令下的文明行为,尽管这文明行为的执行者——我的父亲,他的大脑已经布满被"病毒"蛀空的黑洞。

十二、久违的歌声

新岁如期而至，旧历年很快就要来临，大街上到处贴着大红促销招牌，仿如火焰在寒风中活跃地沸腾。母亲说，该准备年货了，过去这都是你爸的事，现在要我做，真是伤透脑筋……以往过年，母亲总会把父亲确定要买的年货写在一张纸条上，然后对照着一样样买回家。这一年来，父亲的病让她疲累至极，开年货单子自然也是伤脑筋的事。

2013年已然开始，父亲的AD却并不识趣，它没有因新岁的到来而退位，哪怕是暂时退位都不肯，它像一个吸收着脑细胞的养分迅速发育的顽劣孩童，时间非但不能制止它，相反，它正随着时间的延伸日益壮悍和凶煞。我的祈祷也变得现实而几近卑微，只默默想着父亲的病不要过快地恶化，全然不敢再有治愈的奢望。

我无法猜测父亲残破的脑中究竟还留存了一些什么，他的行为能力退化得极其厉害，记忆力更是几近全无。从2012年四月明显发病，他用了八个月时间遗忘了几乎所有的亲人和朋友，现在他还记得的，仅剩下每天在他身边的妻子，以及每周陪伴他三到四天的女儿。

发病最初，他还每天骑自行车去公园和他那群老伙伴们一起唱歌，他并未意识到自己的记忆正在大块大块地丢失，也确乎不清楚自己脑中涌现的新鲜思考更多的是幻觉和臆想。那段日子，他把自己当成了一名狱警抑或看守，他像监视和管制罪犯一样看管着他的老妻。他时刻保持高度警觉，一旦她脱离他的"监管"范围，他便陷入恐慌，仿佛他的老妻忽然变成一匹脱缰的野马，他无以掌控，便紧张到每一分钟都处于无端的怀疑。他愈来愈不能相信他看到的这个真实世界，或者说，真实世界发生的一切已经无法刻入他的脑磁盘，仅凭一丁点儿残留的记忆，他的大脑勉为其难地维持着拼拼凑凑、跌跌撞撞的运转。这个天性敏感浪漫的人,让一台老掉牙的当属报废级的大脑掌控着他的生命,这部大脑感染了某种叫AD的木马病毒,大脑空间内几乎积累了一辈子的储存资料正被病毒吞噬,患病的大脑还发号施令,指挥着他的躯体和器官去应对一切,于是世界颠倒了黑白,真实与幻觉混淆,生活变成一团乱麻……

七月初,母亲不得不辞掉"天下粮仓"酒店的财务工作,全天候照顾父亲成了她的工作。从她停止上班那天开始,父亲也终止了持续三四年的公园娱乐活动。他把自己横陈于床上昏睡了三天,因为有老妻的陪伴,他睡得心安理得,睡得无法无天,睡得不分黑天白昼。三天后,他揉了揉惺忪的眼睛醒来,说了一句话:这是哪里?我怎么在这里?我要回家……自此,他再也不认得他的家。

邪恶的时刻终于到来,AD病魔如同一场肆虐的狂风,把他脑中耸立了几十年的高楼大厦刮得一片狼藉。

母亲劝他,要不要去公园走走?去找老陆老李们唱唱歌?他却仿佛从未经历过公园活动这档事,一脸困顿地沉默着,而后发出重复多次的质疑:这不是我的家,回家吧,我不要住在这里……我不知道那三个翻天覆地的睡眠日让他穿越到了人生的哪个时段?仿佛凝固于永冻层的生命,千百年后冰雪融化,生命复苏,当他重见天日时，他的躯体已经来到现在，而他的灵魂记忆，却依然停留于千百年前的某一个瞬间。那是一个什么样的瞬间？也许，彼时的他正与他的孩子促膝谈心，或者，他正和他的恋人花前月下，也或者，他正伙同他童年的小哥们在家乡的河边并肩垂钓，甚至，他正钻在他母亲的怀里呢喃厮磨……那三个睡眠日让他穿越到了旁人无法知道的某个生命阶段，那时候，他还没有衰老，那时候，他一定还很年轻，他还不需要混迹于公园的退休老人群体中充当社会边角料的组成部分……是的，边角料，现在的他，就是一块不折不扣的边角料。倘若无用即可丢弃，那么他就该是一个被主流人群遗弃的——废人。

那一日，母亲带着她那百无一用的老丈夫出门散步，路遇曾在公园里与父亲一起唱歌的一位老伙伴。对方一眼认出了他，他却面露茫然之色，又似乎明白需要掩饰这种茫然，便胡乱寒暄着"好久不见"，除此之外，不再有别的内容可说。老伙伴看出了他的异常，又在母亲的一通明言暗语后明白了他的病况。终于，老薛患AD的消息在他公园活动的伙伴中不胫而走。其实他们已经猜测了好久，为什么唱歌很好听的老薛忽然失踪了？是不是病了？那么过几天，病好了就会回来吧？可是两个礼拜过去了，却不见回来，那么是不是得了重病？或者，难道，凶多吉少……老年人活动群体中,某一位忽然不再出现的情况常有发生,一般过段日子会传来坏消息,突发心脏病、脑溢血、偏瘫、中风……或者干脆,死了。那些天,老薛的忽然失踪给公园里的退休群众留下了纷纷扬扬的话题。是的,他不曾与老伙伴们说过半句郑重其事的告别话,甚至没有流露过一丁点儿准备退出那个自发组织的群众团队的迹象,只是在某个毫无预兆的日子里,那群唱歌的老人中没有了他的身影,晨练的人们不再听见他嘹亮的嗓音喊出的接近原生态的山歌。

其实,公园里的唱歌活动,他早已参与得力不从心而心猿意马,但他勉为其难地坚持着,每天早晨骑自行车赶去,到老朋友聚集的地方点个卯,坐一会儿,微笑着听别人唱几首在他听来五音不全的小曲。而他,渐渐地越来越少开口,因为,有一块无形的橡皮正敬业地擦拭着他脑中的记忆黑板,黑板上的旋律和歌词已经所剩无几。如此,他便不再是一名歌者,他只是一个听众,听众是不需谢幕的,于是,在某个最普通的日子里,他和他的老伙伴们道了一声"再见",然后跨上自行车,向着家的方向蹬起来,头也不回一下,没有留恋,没有失落,因为,包括他自己在内的所有人都认为,这是极其平常的一天,今天过去,明天他还会如期出现在老地方。

然而事实上，明天的公园里不再有他，我那脑子越来越坏的父亲，连他自己都不知道明天他会忘掉什么，明天他还会想起什么，太阳一日日重复升起，而他将把此生的记得，一日快似一日地遗忘。

一晃半年多过去了，他的老伙伴们会不会想念他？或者，他会不会想念他们？那个吹笛子的老陆、弹琵琶的小周、拉二胡的老蔡，退休女高音杨老师……

某日傍晚，母亲接到一个找"老薛"的电话，苍老的男声，自报家门说是老薛的同事老陈。母亲握着电话面露喜色，她认识老陈，多年前曾经来我家串过门。可是当着父亲的面，母亲不敢告诉老陈，他的老同事老薛已经患了AD，也许早已不记得他老陈是谁。母亲只是机械地把电话交给父亲，并且关照：是老陈。

父亲拿起话机，对着话筒发了一声：喂！然后像办公室接待人员一样，用例行公事的口吻敷衍地答复了几声"好的""谢谢""很好"，然后说了声"再见"，便挂断了电话，前后统共十秒。没人知道老陈在电话里说了什么，父亲自然是复述不清的：在报纸上看到我女儿？我女儿怎么会在报纸上？他巴结我呢，就会吹牛……说完嘿嘿一笑，目光里闪过一丝明察秋毫的狡黠。

我大约猜到了电话的内容，可是适才父亲接电话的态度一定会让老陈误解，于是我翻出来电显示，躲进卧室回拨给老陈。

老陈比父亲大八岁，将近八十的老人，每天坚持看报读新闻，前几日在《解放日报》抑或《文汇报》上看到我的大名，于是想起了许久未见的老薛。令我惊异的是，老陈竟知道我的名字，当然，这无非是从老薛那里了解到的，他在电话里告诉我：2002年，你的处女作发表在《收获》上，你爸送了一本杂志给我，你出版的第一本书，你爸也送了我一本，后来我们都退休了，不太有机会见面，但我一直记得你的名字……

父亲从未在我面前提起过这事，他向来不屑于在人前谈论家长里短、鸡毛蒜皮，他还总是取笑母亲：女人哪，虚荣心太强，就喜欢把儿女拿出来吹嘘显摆……说这话时，他的语气总是不屑。他的妻子是一个十足的女人，而他自己，可是大男人得很呢。可这个大男人竟把发表了女儿小说的杂志和书送给他的同事，这几乎让我不敢相信。我想象着，当时他是如何对老陈说明那本杂志或者书的来历的？

"老陈，这是我女儿写的小说，请你看看。"

"老陈，这是我女儿的书，送一本给你。"

……

我想象着那个场景，我近乎看见他把书递给老陈的一瞬间，瘦削的脸颊不由自主地泛起羞涩的红晕。他该怎样表达他的骄傲？这显然违背了他一贯的作风，是的，他在同事面前显摆他的女儿，当他做出这个举动时，他为自己的虚荣心羞愧得脸都红了。他不会像母亲那样把单位里的琐碎人事拿回家来八卦，也不会把家事当作同事间闲聊吹牛的素材。他做着一份普通的工作，因为不当官，所以不被人求，亦是很少屈尊求人，平凡的人生，实在没什么好吹嘘的，况且那也与我的印象不符。

小时候印象中，父亲的全部心思几乎都扑在了工作之余如何赚钱上了，他心目中最重要、最值得思考和探讨的话题，除了赚钱，还是赚钱。男人的任务就是赚钱养家，那是显示他能力的领域，他把他的聪明才智转化为实用技能，再把那些技能变成赚钱的手段，于是，他成了他们那个时代的同龄人中"赚钱"的典范，他让我们家成为当年小镇上首批拥有电视机、收录机、洗衣机等"高档"电器的屈指可数的家庭……那才是他的价值，是令他骄傲的资本，亦是他津津乐道的话题，童年时代的我一度认为父亲是一个"自私"的人。譬如，他可以毫无障碍地为赚取大把钱而自豪，却不肯参加单位宣传队的义务演出，因为那既花费时间精力又没有收入；他不鼓励我和弟弟参加公益劳动，反对我们多管闲事，尤其反对我们去做那些所谓的好人好事。在我念小学三年级时，他对我担任班级里的"卫生委员"表现出严肃和郑重的不支持，因为这份班干部工作只有付出而无任何实际利益，甚至浪费时间影响学习。他还有大多数小市民都具有的贪小便宜的"毛病"，比如等天色入晚去某处正在施工的工地"运"回黄沙石子，用以加固自家的厨房或者铺设家门口的路，他甚至把自家的电线接到外面的电杆上，以此"省电"，这使我在日后每每见到公共场所的"国家电网"字样，便会羞愧地想起父亲当属中国农民式的"偷电"行为……可是那时候，我在他用"偷"来的电点亮的灯火下写着功课，我坐着他驾驶的公家的小货车在同学和四邻面前招摇而过，我背着那架他用"投机倒把"挣来的钱买的手风琴参加演出……我一边享用着他并非完全名正言顺的物质"成果"，一边质疑着他，质疑我的父亲——这个自私而市侩的农民兼小市民。

如今想来，我依然不知他是以什么为精神食粮度过了他的黄金岁月，似乎也曾有过积极要求上进的青年时代。作为一个二十岁出头并处处显示出能力才干的年轻军人，他该有多远大的前程？他在部队里就有入党提干的机会，却因他的对象，那个资产阶级小姐臭名昭著的家庭出身，或者因为遭遇了被全军通报的"反革命枪击事件"，他便只能复员回到地方。可是他依然可以憧憬一下自己的未来，复员军人在一家国有企业的发展前途亦然是光明的，可他最终把持不住阶级立场，不听老同志的劝阻，竟与资产阶级小姐结了婚。在那个年代，他需要多大的勇气才能迈出这一步？换句话说，他是多么腐朽而不可教化？简直是榆木疙瘩脑袋！他怎么不想想，他是红五类出身毛主席的好战士，他这叫自毁前程，为此他不仅与"党"失之交臂，"提干"这类好事更是与他无缘。可他似乎还很心甘情愿，从未对政治生命的无辜"牺牲"表示过遗憾，亦是不流露丝毫的后悔和屈辱。直至他的女儿和儿子相继出生，并且嗷嗷待哺地成长起来，渐渐地，他不再对自己的政治前途抱以希望，他把全部精力付诸了家庭。自此，这个受教育程度不高却始终想做一个城市文明人的野蛮孩子，终于露出了他农民的本色，他无以躲避的小农意识，狡黠、自私、钻空子、贪小便宜、缺乏足够的公益心……

这就是我童年和少年时代印象中的他，我的父亲，这个浑身冒着小聪明的泡泡，自以为是的狡猾的农民，这个热爱金钱，只想得到却不肯付出的小市民，我无论如何想不到，他会把刊登了我的小说的杂志以及我的书送给他的同事，这么虚伪而缺乏实用意义的行为，怎么可能是他做的？这又不得不让我想起他的另一些言行，那些让我疑惑而又心生敬意的往事：在我八岁那一年，他与一群来我们小镇卖艺的杂技团成员成了朋友，那些游走江湖的艺人常常在演出结束后的午夜时分到我家吃夜宵，身为副食品采购员的父亲会拿出自家的咸带鱼饭泡粥招待他们，还把煤炉和锅碗瓢盆借给他们使用，更是拿出自己在厂医务室配的药送给他们，而他得到的唯一报偿就是他们免费赠送给他的演出门票，按他的价值观，这绝对是一桩划不来的"生意"；他还曾在一次早起刷牙时含着满口牙膏沫向着对面大楼的某扇窗户大喊大叫，然后在没有任何回应的情况下折身冲出家门向楼下奔去，直到跑下楼，那扇窗户里的主人终于在他的喊叫声中出现，抢夺一般抱走了半个屁股已经掉在窗台外面的孩子，他仰着脑袋松了一口气，却早已忘了手里还握着一柄牙刷，嘴角边还糊着两摊白色的牙膏沫；在那个为领袖逝世集体痛哭的哀悼季节，他在一场追悼会上三次冲出人群抱起因为长久哭泣而昏厥的同事向医务室奔跑，他并不是领导干部，他只是一名普通工人，人们无法解释他为什么如此积极，而多年以后他在已经长大的我和弟弟面前回忆起当时的情景时，却是另一番解释：不想挤在哭哭啼啼的人群中，我借着救人逃走……

　　他究竟是怎样一个人？为什么他总是留给我矛盾的印象？他一边竭尽所能地假公济私、钻空子谋私利，一边在子女面前把自己"伪装"成一个正人君子，反过来他又似乎羞于在我们面前流露他的公德心，便装得无所谓，甚而对那种"迂腐"的无私行为抱以不屑与贬低的态度……是的，伪装，我一直以为，在我和弟弟面前，他不仅要把自己"伪装"成一个有道德要求、积极向上、开明正义的人，又要把自己"伪装"成一个不惜一切为家庭创造财富的精明强干的现实主义者。

　　依然记得发生在我十二岁五月暮春的一件小事，那天，父亲带我去文化广场参加考试。我的好嗓子确乎是遗传了父亲的基因，而母亲热衷于听戏，我便从小跟着母亲听越剧，学会了不少唱段，据说还唱得颇为不错。那一年正好遇到上海戏曲学校招收女子越剧班学员，父亲便带我去报考。我们乘坐了黄浦江轮渡，在十六铺码头上岸，走过一程掉落了一地紫色泡桐花的林荫道，坐上了11路电车。上海的公交车永远拥挤，我和父亲站在离售票员一米左右的位置，记得好像是七分钱的电车票，售票员收了父亲一张整钞，找出一把小票和分币递回来。父亲伸长手臂接过找零，数了数，很自然地准备塞进口袋，却不知为什么，抬眼看了看我，而我，也恰好看着他。他似乎犹豫了一下，然后摊开掌心，冲售票员说：你多找给我一块钱了。

售票员的目光从众多肩膀的缝隙中射向父亲手心里的钱，笑了：谢谢你啊！随即从肩膀夹缝中伸出手，拣回了一张一元纸币。

如今提起这事，我已无法准确描述彼时人们对待一元钱的态度，我找不到那种感觉，因为现在，扔在地上的一元硬币也许没人捡。可是三十年前的一元钱是什么概念？让我想想……这么说吧，那时候的消费，都是以"角"为单位的。花一角五分可以去影院看一场电影，吃一碗飘着葱花蛋皮丝的小馄饨是一角二分，美术课上用的水彩颜料是八分钱一盒，还记得住在我家隔壁的小学体育教员徐老师，每个周末都会让他的儿子去肉店买一角钱瘦肉，做一盘雪菜炒肉丝，那是他们一家四口改善伙食的小菜……一元钱，可是十个一角呢，父亲当着我的面把一元钱归还了售票员，他甚至在收起找零时还犹豫了一下，却因为我在场，结果改变了。这让当时的我着实诧异，我以为，我这个农民出身、受教育程度较低的父亲会毫无愧疚地把钱装进自己口袋，这不是他的错，他不偷不抢，又有什么可愧疚的？可他却把钱还回去了，他是发自内心要还钱，还是因为我在场，他要做给我看？是的，在那个物质条件捉襟见肘的时代，他的价值观，更多是"取"，从工作中获取，从社会中争取，从自然界夺取，甚而不择手段地"窃取"。他一边反对他的子女参与那些只有无谓付出而无实际收益的活动，同时，他又似乎不希望我们拥有和他一样的价值观，他更希望他的子女是优雅、高贵、诚实、坦然的。当我们成长到需要确立人生观、世界观，亦是他明智地意识到他的价值观已经无法左右我们时，便常常在我们面前开诚布公地谈他的观点，许多次，他从自我批评开始，与我们分享他的人生经验：

我身上有很多缺点，太急功近利，做事浮夸，我一把年纪，改不掉了。你们要大气，要吃得起亏，心胸要宽阔……

想要成功，一定先要付出，我就是不肯付出，所以一辈子碌碌无为。你们还年轻，不要学我，要放远眼光，脚踏实地……

他就是这样一个人，不怕在子女面前认错，不怕被母亲嘲笑贬低，不怕作为父亲和丈夫的形象因自我批评而折损。如此想来，他也很可以算是一个"开明"和"进步"的父亲。可他又总是让我无法理解，他能在二十世纪八十年代初花一笔巨款（498元）为他的女儿买一架手风琴，却在二十一世纪的2011年不肯掏钱请他的老伙伴们吃一顿饭；他允许子女批评他抑或经常性地进行一番自我批评，却拒绝接受非家庭成员哪怕只言片语的反对意见；他劝导子女要学会付出，却听不得他的儿子女儿在纷繁复杂的世上承受哪怕一丁点儿吃亏的待遇；他为母亲在外人面前吹嘘显摆自己的子女而抱以嗤之以鼻的态度，却悄悄地把他女儿的处女作赠送给同事……他这个人，究竟是宽容大方还是小气吝啬？是偶尔明智还是难得糊涂？是坦诚还是虚伪？是只认金钱，还是更希望拥有灵魂的归属和地位？

我无法确定我的父亲究竟是怎样一个人，也许他有好几副面具用来应对不同场合的不同人等，可是当他面对公众、面对家眷、面对领导、面对竞争对象时，他如何调整角色定位？这是我青少年时期长久不解的疑惑。从未就此事和父亲有过沟通，在他健康时没有，现在他患了AD，更是无从谈起。然而此刻，当我独自回忆着那些昔年旧事，我忽然发现我有些理解父亲了。也许那是整个时代的特征，和大多数人一样，他一边积极要求上进，一边为物质利益诱惑着。在那个理想被柴米油盐压垮的时代，几乎所有人的精神需求都是那么卑微、渺小、孱弱，弱到根本无以匹敌远远不够满足的物质需求，而父亲,恰是在那样一个时代里积极生活着的人。

与老陈通话后没几天,父亲的这位老同事提着两盒精致的水果,亲自登门来探望他的老朋友了。我自是不知道年轻时的老陈究竟如何相貌,母亲是记得的,而父亲,却一丝都想不起来了,他看着老陈,面露客套的笑容,以应对陌生人的方式寒暄道:你好!好久不见……

那天下午,老陈在我家的沙发上坐了整整三个小时,抽烟、喝茶、闲聊的三个小时,几乎完全成了我和老陈的交流。老陈说,他在报纸上看到我的名字时心情无比激动以至于立即拨通了久未联系的老薛的电话。他说他是多么兴味盎然地读着我的小说,在我的第一本小说集里有一个短篇,男主角似乎是他认识的某位老友。他还提起他和父亲都年轻时经历的那些难忘的岁月,他们一起去重庆外调,一起搞技术革新,一起在企业改组中被淘汰,一起提早退休成了无用的人……在老陈娓娓叙述的时候,我的父亲默默地坐在旁边,那三个小时,他几乎没有说过一句与老陈呼应的话。他确已忘了他的青春岁月,忘了他们一起经历的那些往事。而老陈似乎并不觉得遗憾,他只是对我诉说着,仿佛让我知晓他们的青春,远比他们老友之间聊以自慰的回忆更具价值。

倘若我的生命果真融入以及延续了父辈们的生命,

那么老陈提到的那些往事，他们年轻时经历的一切有意义抑或无意义的往事，也该是属于我的财富了。如此，我便觉得父亲的遗忘亦是无所憾，因为有我来替他记得，替他延续。于是我便更加仔细地聆听着老陈的回忆，我想，我是替代父亲与老陈一起回忆着他们的青葱岁月以及黄金时代，我就是父亲的青春……

腊月二十三那天，曾与父亲一起在公园里唱歌的几位老伙伴来探望他了，吹笛子的老陆、弹琵琶的小周、拉二胡的老蔡、退休女高音杨老师……如我所想，父亲不认识他们，他只是笑眯眯地站起来，依然是应对陌生人的寒暄方式：你好你好，好久不见！

我刚想提醒父亲来人都是谁，老陆却冲我摆手：不要提醒他，让他听我吹笛子，他能想起我的，肯定能想起来。说着从双肩背包里抽出一个布套，打开，拿出一支竹笛凑到嘴边，噘起嘴唇吹奏起来。说实话，竹笛声有些破，不过我和母亲都听出来了，老陆吹的是《妈妈的羊皮袄》，那是父亲最喜欢的歌，亦是他的保留节目，还在某年的重阳节去养老院表演过，独唱，是的，父亲的独唱。现在，老陆如枯萎的树叶般的嘴唇正吹奏出沙哑的乐声，杨老师已然苍老的女高音随着乐声哼唱起来，我的父亲，呆呆地站了一会儿，然后，他动了动嘴唇，似要发出什么声音。我的心脏顿时加快跳动速度,所有人都停下歌声屏住呼吸看着他,等待着他亦是枯萎的嘴唇里呼之欲出的歌声,只有老陆的笛子依然流淌着并不悠扬的音乐……终于,我听见他发出了声音,断断续续不成曲调的句子:羊羔花盛开的草原,是我出生的地方,妈妈温暖的羊皮袄,夜夜覆盖着我的梦……

所有人都听到了,老陆越发激动地吹着笛子,竹笛的声音亦是越发响亮而破碎;杨老师几乎把唱歌的嘴巴凑到了父亲耳边,她带着父亲一起唱,在他接不下去的断处替他唱下去;母亲也在轻轻唱着,一边唱还一边看着她的傻老头子。她的傻老头子正在张嘴歌唱,他唱得是否正确、是否连贯、是否动听,已经不重要。

久违的歌声在我们家响彻着,不能用悦耳来论定这歌声的意义,亦不能抱以父亲从此会恢复记忆的奢望,仅为一群老人的聚首歌唱,我由衷地替他们幸福着。我就那样静静地站在一边看着他们,那群头发花白、皮肤褶皱、目光混沌,却大声歌唱着的老人,彼时,我的眼睛里忍不住涌出一阵阵温热的液体。

十三、故乡

和母亲商量,过年带父亲回一趟老家张家港(沙洲),在他还能自行吃喝拉撒,还不需要坐轮椅或者还没有卧床不起的时候,让他回自己的家乡过一个年。母亲与我不约而同想到了一起,我们不忍心说出那句残酷的话,但我们心照不宣,也许这是父亲此生最后一次回他的故乡了,那个可怕的未来离他近在咫尺,但我们都不愿意去想。可是不去想未来,未来还是马不停蹄地赶赴而来了,如一道闪电拉开遮住天空的云层,于是我们看见了死神恐怖的面孔，它凶狠却又极其守信用，它不失时机地提示着我们，要做好迎接它的一切准备。于是，我们决定回老家过年，带着幼儿一般的父亲。

自患上AD以来，父亲说得最多的一句话就是"这里不是我的家，我要回家"。是的，倘若以生命来源为说，现在他生活的地方的确不是他的家，他的家应该在那片生养他的故土上。可是这个十六岁离开故乡来到大上海的曾经的少年，如今不知是否还记得自己生于何地、来自何方？他丢失了几乎所有记忆，是否也丢失了他的故乡？于是我试探着问：爸爸，今年过年我们回沙洲老家吧？

他木讷的眼神看着远处并无明确目标的某个地方，语无伦次地说：去不得，要花钱，很多钱啊……语气竟是焦灼。我无法告诉他，这次回乡过年比较重要，可以说，这是他与亲人、故乡的一场告别仪式，在他还未完全遗忘他们的时候，他应该回去，踏一踏那片老娘土，见一见那些亲人。可是AD让他变得越来越财迷，他那丧失了大部分记忆和智慧的大脑亦是无法区别和平衡金钱与情感的关系，他以最原始的本能支配着自己的需索和付出，这让他显示出动物性的自私和不可理喻。

父亲确是很少回沙洲老家，虽然那里有他的父兄、亲人，以及童年伙伴，我和弟弟也仅有两三次跟父母回老家过年的记忆，那两三次记忆，恰是给我留下了"不能轻易回老家"的印象，因为一旦回去，便要兴师动众。所有嫡系抑或远房亲戚都会在将近十天的年假里邀请我们去做客，有的亲戚家住得很远，那时候的交通不如现在便利，从这一户亲戚家奔赴另一户亲戚家，每天的步行路程都在五六公里以上，可即便一刻不停地忙于走亲戚，也无法应承所有的邀请，直至年假过完，有的亲戚家还轮不上请我们吃一次正餐，只能以一顿早饭抑或喝一杯茶对付了事。父亲是一个极爱面子的人，哪怕是去亲戚家喝一杯茶，也一定要提着上海带去的礼品，这一家若有小孩，那是一定要给红包的。

薛氏家族不是什么望族，但也算是村里的昌盛兴旺之家，父亲是他那一代兄弟姐妹中最小的孩子，也是唯一离家远走高飞的孩子，我这一代的薛氏后辈，就有男丁十四、女后十八，我和弟弟占据了最后两名，弟弟是老十四，我是老十八。这么一来，我们在老家的辈分就特别高了，早在二十年前，父母就被称为"上海太公公"和"上海太奶奶"，而我，毫无疑问就是"上海奶奶"抑或"上海姑姑"。早些年，老家的远近亲戚轮番着到我们上海的家来"旅游"，于他们而言，遥远的大都市驻扎着自己的亲人，那便是他们的免费客栈。在我童年和少年记忆中，我们家一年到头从不断老家来客，而老家所有薛氏男丁娶媳妇的彩礼中那几样大件，"凤凰牌"自行车、"蝴蝶牌"缝纫机、"钻石牌"手表，一定是我父母负责购买。几十年来，沙洲故乡的亲人一直为拥有我们这一门上海亲戚而骄傲着，而我的父亲，也总是以一副游子归来、衣锦还乡的姿态出现在屈指可数的几次回乡的影像记录中。如此，回一趟老家的耗资不言而喻十分巨大，所以，父亲是不肯轻易回老家的，除非有躲不过的红白喜事。

现在，当父亲听我说要回老家过年，他的第一反应竟与过去无甚差别：去不得，要花钱，很多钱啊……他还记得回老家要花很多钱，这让我顿觉欣喜，重提故乡也许对他的大脑有所刺激，他的记忆会不会因此略有恢复？便和他商量：爸爸，钱的事你不用操心，只要你想回，我们就回，红包和礼品我都会搞定，好不好？

他看了我一眼，"嘿嘿"笑起来，目光里流露出占了便宜的得意劲儿：那多不好意思，我也有钱的，我的钱，我的……他装模作样地在空荡荡的口袋里摸索了一番，有些羞涩地说：谢谢你啊！真是太谢谢你了。你是做老板的，不像我，我没得钱，这你是知道的，我在你公司里看门值班，基本是奉献，那点收入过日子没问题，可是想做点别的，就不行了……

他又开始胡说八道,他早已不记得他女儿的职业,他总认为我是他的老板。每每他想出门又发现院门牢牢锁着时,总会发出痛苦的叫唤:放我回家吧,不要把我软禁在这里,我要回家……母亲的劝说非但无效,甚至还会导致他捶胸顿足呼救起来,仿佛被关在牢笼里,双手抓住防盗门的铁栅栏,朝外面大声呼喊:女儿——救救我,女儿——

他确乎是把这个家当成了牢狱,为了救赎自己,他不得不在这里充当一名"包身工"。可他一心想要获得自由,时刻都在伺机出逃。有一回,母亲去倒垃圾,回屋时忘了锁院门,径直走进厨房,想热牛奶给父亲喝。她打开冰箱,拿出牛奶,关闭冰箱,转过身说:老头子,喝牛奶了……她的眼前,只有空荡荡的饭厅,没有老头子!方才,就在五秒钟前,他还站在饭厅里,她是看着他好好地在那儿,自己才进了厨房,怎会一眨眼就不见了?母亲呼喊着,找遍每一个房间,却不见父亲的影子。这么短的时间,他能跑到哪里去?母亲找到院子里,上帝啊!院门直挺挺地敞开着,门口的地上躺着父亲的帽子,却没有他的人影。

母亲吓坏了,几乎当场哭出来,她来不及换鞋,穿着绒呢拖鞋冲出院子。横陈在家门口的是一条两头都可通到小区外的水泥路，她左右眺望，路上空无一人。要是他独自走出小区，走到大街上，这个不认得路，也不记得家人的名字的老头，就回不来了……母亲越想越害怕，拔腿朝右边跑，那是她平时带他散步走得最多的路。

就在十字路口的一栋大楼前，母亲看见很远的拐角处，挪动着一个暗红色小点。那天父亲穿的是暗红色呢夹克，也许那个小点就是他，可是就一小会儿时间，他怎么可能逃到百多米远的地方了？

母亲趿着拖鞋，向着暗红色小点奔跑，小点越来越大，直至十多米处，她终于认出来，这个脸上带着隐隐窃喜的老头，就是我那逃跑中的父亲，那会儿，他也许正为自己的成功"越狱"暗暗高兴着呢。

他没有发现追来的老妻，母亲亦是止步，她不唤他，她想看看他究竟要去哪里。于是，小区里便出现了这么一幕：一个目光呆滞的老头颤颤巍巍地走在前面，一个趿拉着拖鞋的老太婆紧紧尾随在他身后二十米处。

仿佛走进了一座迷宫，他在几十栋居民楼之间迂回辗转，脚步并未有丝毫犹豫，方向，却离家越来越远。他就这么走啊走，十五分钟后，他站在了一堵围墙边，没有路了，他抬起头，呆呆地看着围墙上面的天空，然后张开嘴巴，开始呼喊：女儿——女儿啊——

母亲的叙述停在这里,而我,已是泪眼模糊。

他已忘了他的家,忘了几乎所有亲人,甚至忘了自己是谁,可他没有忘了我,在无路可走的时候,他呼喊的是我——他的女儿。

医生曾经提醒过我们,身患AD的老人,最危险的就是独自出门。那么多的案例摆在眼前,失智的父亲或者母亲离开家后再也没有回来。我的同学W,他的母亲,就是在脑萎缩中期的某一天离家后失踪了。他已经找了母亲整整三年,这三年里,他不思茶饭,无法正常工作。他到处寻找,城市的每一个角落,周边的乡村,铁道附近的树林……他开着车行进在高速公路上,偶尔会看见独自行走在隔离带的老人。他告诉我,他一定会停下车,把这个并非他母亲的老人带出危机四伏的地方。那些老人,无一例外,都是失智老人。

W没有找到母亲,他甚至不敢想念母亲,不敢想象母亲走丢后的样子。她是如何从这个世界上消失的?她饿了冷了怎么办?她睡在哪里?露宿在荒野里吗?或者,就那样在高速公路上走啊、走啊,走得蓬头垢面、衣衫褴褛,然后在某个远离亲人的陌生地方,绝望死去……这么一想,他整个人都要恐惧到浑身颤抖起来,生活再也没有快乐,有的只是后悔与自责,那种折磨几乎让他生不如死。所以，当他把暗无天日地走在高速公路上的老人带出来，带到派出所，他就感到仿佛是把母亲找了回来。可是母亲终究没有回来，十年了，他不敢想起母亲的一切，即便想念一下都不敢。

听过W的遭遇后，我总是担心有一天我的父亲也会让我陷入那场噩梦。假如我找不到他，而他却在某个遥远的地方呼唤我：女儿，女儿啊——

不不，千万不要，可怕的想象让我几乎抽搐起来。慌忙打电话给母亲：要锁好院门，一定啊！一定要看住他。

可他却并不顾及我们的担心，总是吵闹着要出去，要回家。我只能在电话里告诉他：爸爸，你是一个顾全大局的人，我呢，每天要上班，所以想请你帮帮我，替我看住家门，你要是走开了，我就找不到回家的方向了，所以，乖乖在家里守着，等我这边忙完，我就回来陪你，好不好？

他在电话里问：什么时候忙完？

这样的情节几乎每日都要上演，我早已学会了应付：半小时，我很快就回去，乖乖等着。

其实根本不需要半小时，他放下电话就忘了瞬间之前发生的一切，他只是因了我的安抚，情绪稳定下来。然而不知什么时候，他又想要回家，要离开这个他住了十八年的"囚笼",于是重复了无数遍的故事再一次发生,我便再一次通过电话请求他的"帮助",他也无数次不出意外地答应帮我守住这个家。久而久之,他紊乱的大脑对我的话有了固定模式的联想,不知他的逻辑根据是什么,或者说,他的所有想法都不需要逻辑,可他跳跃而发散的思维脱不了世俗的模式,他把我想象成他的老板,只有老板才能让他牺牲自己的时间和自由,因为老板是付他薪水的,他这么一个"包身工",困在这里只是为了赚一份看门值班的钱。可是对自由的向往还是让他时不时地发出求救的呼喊:放我出去吧!我要回家,不要把我关在这里……

彼时,他根本不再认识他的妻子,那个每天伺候着他的女人只是某个组织派来监视他的看守人员,而我,他的女儿,才是自由世界里他唯一的救命稻草,他只能向我频频发出求救信号。而一旦我站到他面前,他又确乎忘了不久前还渴盼"解放"的急迫心情,唯一记住的就是,我是他的老板,他在为我打工。有时候,他还会凑到我耳根边轻声说一句:谢谢你,请多多关照啊!仿佛我之所以对他如此照顾,都是他与我这个老板的私交比较好的缘故。

这会儿,因为他的"老板"承诺解决他回乡的费用问题，他觉得回一趟老家过一个年，也是未尝不可的了，只是花别人的钱，多少让他感到有些羞愧，便在我面前低眉顺眼地客套：幸亏你啊！不知道该怎么谢你，你是我的大恩人……明知这是病人的胡言，可我还是听不得父亲对女儿这么说话，他向来倔强好胜，他什么时候对人说过这样的谄媚话？

我故意扯开话题：爸爸，你老家是哪里？

这一问，他顿时哑然，然后低下头，好像在思考什么。我提示他：老家，就是故乡，就是你出生的地方，你知道在哪里吗？

他努了努嘴唇，唇间的气流带动着呼之欲出的声音，却还是只字未出。他不出意外地忘了他的老家在哪里，他甚至不明白什么叫"老家"，什么叫"故乡"，这么复杂的问题，他若知道，就不是一个AD患者了，更何况那个生他养他的地方，他已经远离许久，他只是条件反射地在听到"回老家过年"后开始忧虑"钱"的问题，却终已不记得什么故乡，什么老家。

母亲在一旁提示：沙洲，东莱镇，你还记得吗？

这回他竟答得果断：当然记得。

我几乎雀跃起来：那么爸爸，你认得薛金良和薛桂月吗？

他再次闭嘴沉默，显然，他无法从脑库里找到这两个名字所指的人物，刚刚燃起的希望之火迅速在我胸中熄灭。他不会给我们惊喜的，他连天天陪伴在身边的老妻都不认识，更别说一年也见不上一面的同胞兄姐。所有与他相关或不相关的一切，他都将不再记得，永远不再记得，这一点我们早已知道。母亲心有不甘，继续提示他：你二哥叫薛金良，你姐姐叫薛桂月，你还记得吗？

他抬眼看了看我，又扭头看了看母亲，目光忽然一亮，然后伸手指向他的老伴，激动地说：你不就是薛桂月吗？阿姐，阿姐啊！

爷爷奶奶去世后，姑妈是与我们走得最近的老家亲人，可他却指着他的妻子我的母亲叫"阿姐"。母亲急得提高嗓门：我不是薛桂月，你再看看清楚我是谁？

我再不忍心看他一脸无辜的样子，心疼他也许会为想不起最亲的亲人而难过，便急着告诉他：爸爸，她是你的娘子（浦东人叫"老婆"为"娘子"），我的姆妈，你姐姐薛桂月在乡下呢，我们过年回老家就可以见到你姐姐了。

他听话地点了点头，而后用疑虑重重的目光在他的老妻身上细细审视着，脸上的表情渐渐凝重起来。母亲不再试图和他说明白，转身去倒了半杯白开水，拿出装着配好剂量的药：来，吃药了，手掌摊开……他习惯性地打开手掌准备接药片，就在母亲把瓶子里的药倒出来的当口，他抬头看了她一眼，摊开的手掌突然缩回，刹那间药片滚落一地。母亲嚷嚷着：怎么啦？这是你每天都要吃的药啊！

他咬着牙关，狠狠地说：不吃！

母亲的嚷嚷变成了急吼：不吃药怎么行？要不要治病了？

他抬眼看住他的老妻，目光里充满了惊恐：你不是我娘子，你不是的……

母亲气极了，把水杯往桌上重重一蹾：我不是你娘子？那你的娘子是谁？我不是你娘子又为什么要伺候你？你没给过我劳务费，我凭什么伺候你？

我打断母亲：妈，不要这么说，爸爸是病人。

母亲住了口，却不愿意再搭理父亲，转身去了厨房。他似乎察觉到自己闯了祸，却又不知如何收拾，只呆呆地站着看我捡地上的药片。我趁机劝他：看看，娘子被你气跑了，怎么能说那样的话呢？她辛辛苦苦伺候你，给你做饭、洗衣服，替你洗脸、洗脚，你一天三顿药，都是她记得给你吃，平时我们都上班，只有她日日夜夜陪着你，这样的娘子你哪里去找？快去拍拍她马屁，让她不要生气了，好不好？

他听从了我的劝导，蹒跚着向厨房走去，一会儿，隔壁传来他喏喏的声音：对不起，是我不好，对不起……

我以为事情就这样平息了，他不再怀疑那个给他端水递药的人是否是他的"娘子"，没想到，他竟不停嘴地说了一整天"对不起"，几乎重复了几百次。入夜，母亲伺候他洗漱上床，他平展展地躺下，眼睛瞪着天花板，目光却涣散，嘴里还在不停地念叨"对不起"。母亲终于觉察到，自己先前的态度大约让他受了惊，需要说几句好话安慰他，于是尽力温和着语气说：我没怪你，一点儿都没怪你，不用对不起的，好了，睡觉吧。

他闭嘴不再说话。母亲抚了抚他的脸：睡吧，眼睛闭起来。

他听话地闭上眼睛，我们随之也松了一口气。可是不等我们彻底放松，他又忽然睁开眼睛，再一次开始念叨"娘子对不起"，连续不断地念叨。

这一夜，我们上百次地重复告诉他，他的娘子没有责怪他，他可以安心睡觉了，他上百次地闭上眼睛复又睁开，上百次地合上嘴巴又重新启口念叨"对不起"。AD使他每时每刻都在遗忘，一秒钟前发生的事，一秒钟后他就忘了，劝导和安抚永远只起到一秒钟的作用。他的大脑已经无法储存任何信息，仿佛一片静寂荒茫的湖泊，所有生发自大脑之外的事物只是一阵轻轻拂过湖面的微风，瞬间泛起的涟漪在下一个瞬间消失，湖面以最短的时间归复平静死寂，不留下一丝痕迹。

这一夜，他就这样反复折腾着，直到凌晨，才昏昏然进入梦话连篇的睡眠。早上，我听见隔壁卧室传来他的叫声"姆妈——"，没有他的姆妈，这个家里只有我的姆妈，我的姆妈正在厨房里做早餐。我走到他的卧室门口：爸爸，要起床吗？

他向我招招手，一副鬼鬼祟祟、神秘兮兮的样子，待我靠近床边，他探头看了看卧室门外，确定无人窃听，便开始了他秘密的叙述：告诉你，她不是我娘子，但她是好人，她待我是好的，可她真不是我的娘子，这事不能瞎开玩笑，我乡下是有娘子的，以后不能再让她睡在我床上了……

我几乎当场笑出来，一夜过去，他竟还没忘记昨天的事，早上醒来又要替自己澄清事实。他用残缺的大脑编写了一部家庭伦理剧，他的脑海里布满了虚幻的泡泡，那些泡泡印出一幕幕色彩绚烂却十足虚幻的剧情，他把自己安顿其中，那个做了他四十多年妻子的女人成了他的非婚同居者，她以无微不至地照顾他的善良形象破坏了他的传统道德观,也破坏了他原有的生活秩序,他是杨六郎与陈世美组合而成的现代版凤凰男,可他没有忘本,他心里惦记着他那子虚乌有的乡下"娘子",虽然乡下娘子也许已经配不上他,但他怎么能做一个负心汉呢?可是可是,这一切又能怪谁?是他自己抛弃了老家的结发妻子,是他自己找了一个城市女人,现在他年纪大了,怀旧情绪和故乡情怀像潮水一样在他胸口涌动着,他要为自己曾经的轻狂忏悔,他要救赎自己堕落的灵魂,他决定回故乡,把他的患难之妻接来城市……他真是一个写小说的好手,他向我叙述着那段不知从何而来的历史,越说越激动,声音竟颤抖起来:我把她丢在乡下不管不顾,几十年了,我要回去找她,不知道她还在不在,送我回家吧,快快送我回家去……

他像一个良心觉悟的老年浪子,想在残存的生命里弥补年轻时犯下的过错,他说得那么真切,眼眶已略微发红。而我,更像一个观剧的局外人,偶尔为剧情的悲欢离合与跌宕起伏揪心抑或伤感,可我终究不能身临其境。倘若他编创的剧情都是真实的,那么这一切都与我有着密切的关系,我该以什么样的态度应对这突如其来的家事?我的母亲,她又情何以堪?我无法让他明白什么是真,什么是假,他是进入了一场醒不过来的梦,他扮演着梦里那个极具戏剧性的经典角色,也许他将永远走不出那个令他悔恨交加并且恐慌不已的梦境。是的,他是真的悔恨和恐慌,他甚至为此失态,他老泪纵横的样子让我既心疼又无可奈何。倘若他真的不能从噩梦中醒来,那么好吧,让我来闯入他的梦,让我来成全他梦中的夙愿,让我来帮助他救赎自己的灵魂,使他活得心安理得,活得不再有怨悔,不再有愧疚。

如此想定,我便安慰道:知道了爸爸,我知道了,我们明天就回老家,现在还早,你再睡一会儿,好不好?

他一脸忧郁地点了点头,随即躺了下去。我在他的床边静静地站了两秒钟,断定他已忘了刚才发生的细节,于是推了推他:爸爸!然后我用神秘加之欣喜的语气说:爸爸,告诉你一个好消息,你的娘子来了,你乡下的娘子。

他一惊,躺着的躯体"唰"一下坐起,扭头朝客厅张望。恰在此时,母亲从厨房里走出来,我指着那个围着围裙沾了两手面粉的老妇说:你看看,看看客厅里那个人,还认得她吗?她就是你的结发妻子,四十多年前就嫁到薛家的你娘子啊!

他一边颤颤巍巍地下地,一边对着客厅大声呼唤起来：娘子——娘子——是你吗?

母亲转身向卧室走来,我冲她使劲煽眼睛,她明白了我的意思,接过茬：是我啊!你是在叫我吗?

他混沌的双眼刹那间涌出两泓热泪,哽咽着呼唤道：娘子啊!真的是你吗?你什么时候到这里来的?这么多年了,你为什么不来找我?为什么啊?

他踉跄着扑上前,一把抓住母亲的肩膀,那情形,似要把眼前这个他臆想中失散了几十年如今重逢的亲人拥抱在怀,站在一旁的我也被他惹得快要落下眼泪来。母亲却有些不习惯这样的表演,口中应付着他,身体却轻微挣扎了一下：我是你的娘子,和你结婚四十多年了,你怎么认不得我呢?

母亲的话里有着并不显然的破绽,沉浸在失而复得的伤感与激动中的父亲却敏锐地发现了,怀疑再度产生。他松开抓住她肩膀的手,退后一步打量着眼前这个已显老态的女人：你真的是我娘子?我怎么看着不像?你倒证明给我看看,你怎么就是我的娘子了?

我赶紧提醒母亲：妈,你说说爷爷奶奶,还有伯父姑妈,说说发生在老家的往事。

母亲耐下性子,开始证明自己薛家媳妇的身份：你们薛家是从你爷爷那一代移居到沙洲的,你爷爷生了四个儿子,你爹爹是老二,你有两个亲阿哥,一个亲阿姐,你还有三个堂兄,你是你们薛家的老小,你的侄子侄女们都叫你"细小叔",叫我"小婶娘"。我们是1968年结的婚,在沙洲革委会开的结婚证书……母亲的叙述毫无感情色彩,父亲却极其认真地倾听着这仿同流水账般的回忆,还不时扭头问我:她真的是我娘子?

我频频点头表示赞同,他这才渐渐平息下来。

故乡之行终于到来,出发前夜,父亲整夜不眠,他似乎明白,于他而言这是一趟意义过于重大的返乡,准确地说,那是一次告别,与故乡告别,与亲人告别。半个多世纪前,那个十六岁少年曾经和故乡告别过一次,那一次他离开故乡是为了去大都市谋生,是因生存空间的迁徙而告别。这一次,他却要和故乡真正地告别了,记忆的告别,思想的告别,乃至生命与灵魂的告别。

他的大脑已接近完全毁坏,但他似乎还留有些微潜在的意识,这一晚,他运用这一丁点儿可怜的属于人类独有的智力让大脑近乎暴力地运转着。他不容许自己睡觉,在母亲的劝导下刚躺下两分钟,忽又直挺挺坐起,而后挣扎着要穿衣下床。母亲告诉他天还没亮,拉开窗帘叫他看外面漆黑的天色,他便将信将疑地退回床上。终究不放心,不断冲我的卧室方向喊话:出发时别忘了叫我。

如此反反复复，直至天色亮起，母亲与我亦是几乎一夜未睡。

从上海到张家港，全程二百五十公里。虽然无人替代我驾车，但我与父亲一样，虽然没睡好，但精神好得近乎亢奋。回想起来，我竟已二十八年未回老家，最后一次回去是在遥远的1985年，屈指一算，年过不惑，我总共才回过老家四次。通常，我和弟弟，我们都以外婆家为"故乡"，寒暑假和年节必定要回的地方，一定是那个由外公外婆和舅舅姨妈组成的大家庭，在那个家庭中，我和弟弟有着近似于长房长孙的地位，而我亦是从小由外婆带大，我从未把上海以外的那个叫沙洲的乡村当作我的故乡，从小我心里就只认为，那是"爸爸的老家"，而不是我的。然而此刻，当我坐上驾驶座，在导航仪上输入"苏州""张家港""东莱"这几个词，心里忽然涌起一阵阵莫名的暖流。我忽然发现，我这是要回自己的故乡了。是的，我的故乡，我带着我的父亲和母亲，回我们的故乡。于是我回过头，看了一眼后座上的父亲，我说：爸爸，我们要回家了，你高兴吗？

他没有聚焦的视线看着车内某个不明所以的方位，并不回答我。母亲推了推他：女儿和你说话呢。他这才把迟钝的目光缓慢地转向我。我又重复了一遍：爸爸，我们要回家了，回沙洲，好不好？

他呆滞的面容轻微地牵动了一下，忽然举起双手，张开巴掌使劲地拍起来，像一个终于得到大人许诺已久的礼物的孩子，欢呼起来：噢——回家喽——好噢——

慌忙扭回头，泪水刹那间涌满了我的眼眶。

我不再说话，发动汽车，抬起右脚轻轻踩下油门，汽车滑行起来。现在，我要载着我那已经变回孩子的父亲，向着我们的故乡启程了。

十四、少年十六岁

从沙洲老家回到上海,父亲又不认得母亲了,刚下车,踏进家门,不及替他换下羽绒外套,他就叫嚷着要回家,母亲就在他眼前,他却"目中无人"地持续呼喊着"娘子"。所有的安抚劝说都无用,他不认得他的老妻,也不认得这个家。母亲红着眼圈说:我们家是不是闹鬼了?为什么一回来他就不认识我?

顿觉背脊发凉,环顾居住了十八年的房子,一切依旧,可父亲站在门口就是不愿意进屋,情绪焦躁到近乎癫狂。在老家的那几天他却很争气，没有表现出严重病态，待人接物也得体，虽是叫不上来任何亲人的名字和称呼，但情绪状态算是稳定甚而欢愉。吃饭时他不忘和同席的人客套一番，小辈来敬酒，他端起酒杯示意谦让，还会说几句寒暄话，全是含糊的务虚之词。他对他的亲哥哥说：你筋骨不错，看起来健康；他对他那叼着香烟的村委书记大侄子说：少抽烟，抽烟对身体不好；他还对他那年将五十的侄女说：工作忙吗？过得不错吧？

我们都为他能说出这些逻辑比较清晰的话而高兴，甚至以为这是好转的迹象。故乡毕竟是故乡，它蕴含着无形的力量，这力量使他瘫痪在即的智神被激活了。然而，他的语言因缺失了记忆而没有时间、地点、称呼，以及具体事例等实质内容，甚至连一声"阿哥""阿姐"都没听他叫过。从他见到老家亲人一刹那的惊喜表情判断，记忆是起了作用的，他知道那些迎接他归来的笑脸都是他至亲的人，但他不记得他们姓甚名谁，旁人告诉他，提醒他，他点头认可，随即忘掉。但他似乎不曾忘掉要以良好的精神状态以及带着城市文明特征的言行举止面对久违的故乡亲人，当他接过亲人递来的茶水和酒杯时从不忘道谢，他不知眼前那个正对他表示关爱的人是谁，可他知道要关心一下他们的生活，说上几句"工作忙吗？过得不错吧?"或者"少抽烟,抽烟对身体不好"。他对年轻的后辈并无针对性的鼓励和劝诫,对街坊邻居笼统的微笑和问候,都让我确信,他很明白自己正扮演着一个归家游子的角色。他的情感体验能力并未泯灭,只是他失去了完整表达的能力,他不知道如何用语言说出内心的感受,欣慰、感动、骄傲,抑或忧伤、遗憾、留恋……我猜测,这一切他全有,只是深深地藏在心里,无法掏出来示人。我想象着,倘或他还尚存一丝心智,他想要做的最后一件事,大概就是维护他的自尊了。他用他退化的智能竭力保全着自己的面子,即便忘了一切与他有关的现实,支撑他精神的核却没有消失。

他就这么维持着温和的微笑,用极少的言语和基本恰当的礼节,度过了故乡的这个春节。然而现在,我们回到了上海,他却重新陷入了AD的困境,他叫嚣着要回家,任谁劝抚都无用。他冲向院子里那扇紧锁的铁门,打不开,就抓住铁栏杆对着外面喊叫,犹如《铁窗烈火》里渴望自由的渣滓洞政治犯。

医生曾经提到过,病人吵闹得实在厉害的话,先冷处理。家人试图劝说或纠正他,他不仅不会听从,甚而会把所有反对意见视为敌对,倘若你再去扶他、拉他、劝阻他,他就有可能动用武力来伸张或保护自己。医生的话我们牢牢记住了,因此当他抓住铁门栏杆发出求救的呼喊时,我和母亲只是远远地看着他,无奈而心酸地看着他,那情形,就如亲人因病痛而呻吟、喊叫,我们却只能束手无策地看着他独自受苦受难。

二十分钟后,母亲进屋去了,我依然站在他身后四五米远的地方,看着他守在紧锁的门口,渐渐地,喊叫声稀落下来。也许是累了,他趴在门上停顿了一会儿,我抓住机会,试图转移他的注意力:爸爸,要不要喝水?肚子饿不饿?

他转过身,观察了一下我的身后,发现没有别人,便向我招了招手。我靠近他:爸爸,我做了酒酿小圆子,你吃不吃?

他伸出手指压住嘴唇:嘘,别让她听见,别让那个看管我的人听见,我要告诉你一件事……他把母亲当成了看守,他压低嗓门说:放我回家吧,我一个老头子,派不上用的,出去后我一丝消息都不会透露给别人,我会保密……

这状况已经发生过许多次,从起初的偶发,到后来的频发,他把自己想象成一个被软禁的特殊职业人士,或者是被逼无奈之下成了某个犯罪团伙的共犯。这臆想中的处境使他恐惧不已,他时刻想着要离开这里。他曾在电话里用明说或者暗示的方法屡屡向我表达对自由的渴望，希望我能营救他出去。我亦是屡屡答应他：爸爸你放心，我会带你回家的，乖乖待在那里等我……然而一旦我回到家里，他就会为女儿的到来欢天喜地，早已忘了"解除软禁、归还自由"的要求。我就这样成了解决父亲困境的灵丹妙药，母亲安抚不了他，我便以拯救者的身份出现。

可是现在，我分明站在父亲面前，却失去了拯救者的功用。我知道，他的病情正一日比一日严重，我是他至今从未忘记过的唯一一个亲人，从最初忘掉他的儿子我的弟弟，到现在忘掉他的妻子我的母亲，早晚有一天，他会忘掉我，他的女儿。这一天什么时候到来？明天，后天？或者，就在今天接下去的某一分钟？想到这里，我不由地打了一个寒噤。

我走到铁门边，扶住他的肩膀：爸爸，我们进屋说话，好不好？

他摇头：不，不进去，就在这里。刚才有人在，不好说话，现在可以告诉你了。

我只能站在原地不动，亦是沉默着，以示我洗耳恭听的态度。他开始诉说，神情如同在公共场所接头的地下工作者，紧张、警惕、声音几乎颤抖：枪，的确是我的，开枪的人，不是我，是武宝玉，冤啊……

他居然还记得武宝玉！四十多年前的往事，他为什么忽然提起？

那是父亲人生中的另一段传奇式经历，抑或说是他的创痛经历。在他二十岁以后部队生涯的最后一年，短暂地出现过一个叫武宝玉的十六岁新兵，就是这个孩子，几乎葬送了他的前程。也许他并非真的记起那次"反革命枪击事件"，只是彼时的境况触动了他的某个记忆点，于是他想起了武宝玉，那个被判为反革命分子公开枪决的刚到入伍年龄的孩子。

那时候，父亲在某部队服役，因为表现积极，能说会道，还有点文化，于是被任命为班长。当时的地方武斗正进行得如火如荼，为防止武斗群众冲击部队，班长以上级别的官兵配备了枪弹，配发给班长的是一把五四式冲锋枪和二十发子弹（在这之前，所有官兵的枪都不配子弹）。就是这把拥有二十发子弹不到半个月的冲锋枪，给父亲惹来了巨大的灾祸。

一个与往日没有区别的清晨，正是操练之后的早餐时间，部队偌大的食堂里绿油油地坐满了蚂蚱一样青翠的年轻人，如潮水般的吞咽声在生命力旺盛的人群中此起彼伏。十多分钟后，战士们陆陆续续吃完早餐，有的在食堂门外的水池边洗碗，有的正回宿舍。我那年轻的父亲显然胃口不错，他还在慢慢地享用他那由稀饭、馒头和油条组成的优质伙食。正在这时，食堂外面忽然传来一阵机枪扫射，子弹疾速穿越空气的呼啸声如此逼近，仿佛就在脑门之上掠过。我那嘴里还叼着半截油条的父亲动作极其敏捷地跳起来，拔腿冲出了食堂。然后，他看见了此生的遭遇中绝无仅有的惊人一幕：洗碗池边的泥地上泼洒着赭色油漆般的血迹，有人倒在血泊之中，有人训练有素地趴下、翻滚、匍匐，仿佛瞬息之间进入了一场战争……又是两次连续点射掠过他的头顶，他以鱼跃的姿势扑向烟尘四起的地面，嘴里叼着的半截油条顿时脱离口唇，飞向不知所终的地方。枪声没有再继续，他匍匐着身躯，抬起军帽下的脑袋，于是，他看见了更为惊人的一幕：十六岁新兵武宝玉端着一把冲锋枪，向后山坡方向飞奔而去，因为片刻之前的射击，枪口正冒着热气。

那把冲锋枪，正是父亲作为班长的配备武器，早餐时间，他把枪留在了宿舍里。彼时，武宝玉已经把枪里的二十发子弹射出了十九发，现在他端着只剩最后一颗子弹的冲锋枪，跑向部队大院的围墙边。山坡在围墙外面，再没有路了，武宝玉转过了身，眼前是如临大敌般匍匐抑或猫腰追逼而来的叫作"战友"的众多绿色身影，他看着他们，调转枪口，对准了自己的喉咙。

扣动扳机的当口，我那及时追来的年轻的父亲奋不顾身地扑了上去——子弹擦着武宝玉的下巴边缘飞向天空，一阵尖锐的啸声在暮春早晨的清凉空气中长久地回荡。

枪击事件导致两名战士身亡，三名战士重伤，两名战士轻伤。我父亲却毫发未损，但是显然，他的心受了重伤，因为那把配有子弹的冲锋枪是七班长薛某人的，开枪的人是七班长薛某人班里的，薛某人显然有着不可推卸的责任。

幸好，事件最后被定性为"反革命活动"，一个刚满入伍年龄的山里孩子，竟是隐藏在革命队伍中的反革命分子，人们对这个结论感到匪夷所思，同时觉得颇为传奇而过瘾。不过对于当时的父亲以及部队而言，那是最合理、最恰当、最没有牵累和后患的解释，正因为这样一种解释，我的父亲才免于被处分，以复员回地方的方式结束了在部队里本该光明远大的前程。

多年以后，每当父亲在亲朋好友面前提起此事，他总会在完成故事的叙述后发出那句重复过无数遍的感慨：真是"居——心——叵——测"啊! 他反复咀嚼着"居心叵测"这四个字,仿佛咀嚼着当年从他嘴里飞走的那半截油条,油香味儿几乎还在他嘴里逗留,故事却已离他久远而又久远。

小时候,父亲在给亲朋好友讲那段故事时,差不多每次我都要无一遗漏地全程听完。然而成年以后,我却越发觉得,荒谬的结局让那桩真实事件几乎成了一部虚构的小说。我亦是开始质疑父亲每每感慨的"居心叵测",究竟是针对武宝玉这个反革命分子居然深深隐藏在革命队伍中不被发现而终使他达成破坏行动,还是针对那个他无论如何不能想通的极具戏剧性的结局?

那个叫武宝玉的新兵才十六岁,在这之前他从未离开过他那贫瘠的山沟沟,当他忽然身陷"提高警惕、保卫祖国"的环境,高强度的操练、步调一致的节奏、紧张的政治气氛,时刻提防身边可能隐藏的国民党特务,时刻准备与苏修反动派、美帝国主义进行殊死的战斗,除此之外,还要承受城市兵、老兵对他这个来自山沟沟的新兵蛋子的"调教"和"修理"……这个穷孩子忽然手足无措了,这里不是他那荒蛮而自由的山村,这里的人亦不是他村里的乡邻,他们虽然与他使用同一种语言,但他们显然和他来自两个不同的世界。他迷茫而恐慌地过着每一天,渐渐地,他找不到自己了,然后,他发现,他自尊的灵魂正在丢失……

我想,这个新兵蛋子一定是个内向而敏感的孩子,当他失去了自由、尊严以及灵魂时,他的目光聚焦在了班长那把拥有真实的子弹的冲锋枪上,他一定用目光无数遍地抚摸过那把枪,也许他想到了一个找回尊严和灵魂的方法,他完全可以拥有自我保护的武器。武器,是的,掌握了武器的人就是强者,于是,他端起仅有二十发子弹的冲锋枪,向着那个吞没了他的尊严和灵魂的群体射出了因胆怯而暴怒的子弹。

这是我的猜测,我猜测他只是一个在严酷而陌生的环境中扭曲了心理的山里孩子,可这个不见世面的孩子竟承受了一个天方夜谭般传奇而宏大的罪名——"反革命"。

几年前,因为创作的需要,我曾与父亲谈起过"枪击事件",叙述过无数遍的往事,却从未听他对事件的结论发表过任何异议。时过境迁,我想,他可以说出隐藏在内心的真实想法了。于是我问:爸爸,你觉得,武宝玉真的是反革命吗?一个十六岁的山里孩子,你觉得可能吗?

那时父亲刚退休,我的"采访"让他忽觉郑重,也许是触到了他内心深处的某个心动按钮,也许他觉得,是时候该还原那段历史的真实了，于是他把斜靠在沙发里的身躯调整到正襟危坐的姿势，然后，我听见他用久未操练而僵硬变调的普通话开始了那段沉积已久的讲述：一九六六年，轰轰烈烈的文化大革命开始了……他居然用普通话，这让本是饶有兴趣地准备倾听的我哑然失笑。

无须我再次重复父亲的真实内心，他那句"轰轰烈烈的文化大革命开始了"，让所有的荒谬得到了合理的解释。倘若说，武宝玉是一个时代的牺牲品，那么我的父亲，无疑是另一个牺牲品，他牺牲的并非生命，而是远大美好的理想，以及对时代与社会的信任。一个失去理想与信任的年轻人，从此落入过于现实的生活，于是，他成了一个趋利主义者。

他没有坦言自己对那个死于十六岁的少年无法抹去的愧意，他只是说：事后三个月，我们全体官兵参加了武宝玉的公开审判，就在部队大操场上。

父亲坐在沙发上，目光投向空无一物的墙角，仿佛那里正上演五十年前那场真实的荒诞剧：他被五花大绑着押出来，嗬，这小子，胖了，在牢里吃得好，也不用操练，又白又胖。

说到这里，他笑了笑，停顿片刻，继续道：说他是反革命分子，抢夺武器，蓄意谋害革命战士，妄图摧毁革命部队……罪行严重，当场宣布枪决，立即执行，然后就拉出去了。这小子，拉出去枪毙时，还扭头看了我一眼。

我追问：你确定他看了你一眼？你坐在很显眼的位置吗？

他摇了摇头：不，我们七班坐得挺靠后，不过他的确看了我一眼，我肯定。

他手里摆弄着一个茶杯盖子，停顿片刻，又吐出一句话：我要是把枪随身带着就好了。唉！爷娘把他养到十六岁，白白毙了，不孝子啊！十六岁，反革命，死前都没见上父母一面，十六岁……他停下叙述，端起茶杯喝得"稀里哗啦"地响，仿佛要掩饰镶嵌在寂静的空气中某种细致入微的伤感。

我不敢再提问，我猜测着彼时父亲在想什么？他反复强调了多遍"十六岁"，是的，于他而言，十六岁正是人生的分水岭，十六岁那年，他离开沙洲老家来到上海，从此开始了漫长的城市生活。同样十六岁，那个叫武宝玉的孩子，却背负着莫须有的罪名，戛然而止于短暂的人生轨道……他看着一个十六岁少年的生命在他眼前猛然坠落，却不及阻止抑或不能伸手抓住他，也许，这就是父亲一辈子不能释然的纠结，以及无法抹去的愧疚。

现在，当他的记忆一点点消失，当他遗忘了爱与被爱，遗忘了伤害与被伤害，他脑中残存的一丁点儿记忆中，依然留有武宝玉的名字，那个与他一样，在十六岁改变人生的少年。那个少年，死前都未能见上父母一面，也许这才是他所能理解的有限的人生最大的悲哀，或者恐惧吧？

恐惧，是的，他发病后最显著的情绪特征，就是恐惧。他以残缺的心智不断表达着"回家"的要求，他就那样反身靠在院门的铁栏杆上，对我诉说着他那封存多年如今终于袒露却已面目全非的"心里话"：冤枉啊！武宝玉冤枉啊！嘘嘘——别叫人听见了，命都没了，还有什么好说的？你放心，我会保密，放我出去吧，我肯定不会泄密，我要回家，放我回家……

回家，所有未能达成的夙愿、未能弥补的错失、未能释怀的悲哀，都归结为一种恐惧，这种恐惧让他发出了最本能的呼唤——回家，这就是他残损的脑中最底线的诉求。

我无法就"枪击事件"给予他任何安抚，那是我进入不了的一个深邃黑洞，我只能告诉他什么是"家"。我像一个幼儿园老师一样对他说：家，就是一所房子，房子里，亲人们生活在一起，这就是家。

他静静地聆听，面色却困顿疑惑，他无法理解我的话，因为我所说的家，与他脑中的那个家相去甚远。可是总算，话题已经从那个十六岁少年身上引开。我继续发挥着关于"家"的浪漫解释：现在，你的妻子和女儿与你生活在一起，我们在一所宽敞的房子里过着衣食无忧的生活，这里就是你的家，对不对？

他啧了啧嘴：不是不是，你不了解情况，这里怎么是家呢？不可能……他的语言已捉襟见肘，他找不到足够的词汇描述他脑中的家，于是急得直顿足，说话几乎带了哭腔：放我走吧！让我回家吧！

我总以为，从他这辈子的栖居地来说，上海的小家庭应该是他更为习惯和认同的家，事实上，现在他的脑中，十六岁之前的记忆完全抵过了之后五十多年的积累，他已然返老还童，脑中所剩无几的储存大部分属于少年的故乡。遗忘，这就是遗忘，当人类因为爱或恨而牢记一切，或者因为衰老而渐渐把一切遗忘，无疑，人类便是既幸福又不幸的物种。我们因遗忘憎恶和仇恨而幸福，同时因遗忘爱与被爱而不幸。此刻，我的父亲，就因为遗忘了眼前的家和亲人，却又找不到他脑中的"家"和"亲人"，而恐慌、而狂躁。他开始踢院子的铁门，又一轮大喊大叫开始了：不要把我关在这里，让我出去……

完全没有劝阻他的能力，只能给姑妈打电话，电话一接通，母亲就对着话机哭起来：姐姐，我不知道怎么办……姑妈的大嗓门从话筒里传来：让弟子听电话，我来和他说话。

他还在为臆想中的被绑架或被囚禁而愤怒，他愤怒地抓过话机，像抓取一把随时都将砸向绑架者脑袋的榔头，免提功能的话筒里传来姑妈的沙洲方言：弟子，你够是（是不是）弟子？我是恩多（你的）阿吉（阿姐）……

他忽然安静下来，呆呆地看着手里的电话机，姑妈的乡音继续着：弟子，你阿好嘎（好不好）？过歇歇日脚（过几日）我去上海看恩多（你们）……他缓缓提起电话机，把话筒凑到嘴边，然后，怯生生地开口：姆妈，我要回家。

他把所有的乡音唤作了"姆妈"，母亲，他的妈妈。霎时，我的心脏酸楚弥漫，让我窒息的心酸，泪水无以控制地从我眼里涌出来。这是一个老人说出的话，他是我的父亲，我那返老还童的父亲，我该如何带他回家，带他回到他那千疮百孔的意念中的家？

我让母亲守在家里看住父亲，然后驾车出了门，我的方向是离家最近的庙宇。曾听同学提起过，附近小镇上有一座"小普陀寺"，香客极多，据说很灵。我不是一个实用主义的伪信徒，我对宗教亦是并无研究，我只是想，倘若我愿意做一个虔诚的有神论者，上天是否会答应我为父亲祈求？祈求什么？不不，我一点都不奢望他的病能痊愈，我相信菩萨对此也无能为力，我只想祈求父亲能以我们认同的这个家为他的家，祈求他能接受上天安排给他的福祉，祈求他甘心坐享其成，甘心无所作为，祈求他——安静、喜乐地面对一切……

年假刚过，亦不是佛祖菩萨的圣诞日，小普陀寺里没有一个香客。佛堂圣殿静静地敞开着大门，佛陀和菩萨们庄严地端坐抑或伫立，铜质大香炉里只燃着一炷香，一缕孤独的青烟笔直而上，冬日的阳光铺展在殿堂前的场地上，两三僧人坐在墙角边晒太阳，暖热的阳光让他们陷于无声的享受，另一处墙角边，一位匠人在摞成半人高的砖瓦堆边席地而坐，一手托一块灰瓦，一手挥舞毛笔，瓦片上立即落下某位施者的名字……

在这个香火寥落的凡常日子里，我像一个乡村妇女一样，在小普陀寺的每一尊佛像面前磕下无数个额头触地的响头，我点了祈愿灯，念了消灾经，挂了平安符，还请匠人在瓦片上写下父亲和母亲的名字，这些代表着修善积德的瓦片将在庙堂整修时得到使用，最后我还求得桃木驱邪法器一枚，回家后郑重地挂上了大门。

入夜，父亲终于安静下来，母亲伺候他洗漱上床，他竟很快熟睡过去。白日的闹腾烟消云散，家里顿时仿如节后无人拜访的"小普陀寺"，平和、宁静。我不敢肯定，这安静是来自白日里我诚意切切的膜拜祈求，还是那枚桃木法器果真赶走了致父亲精神迷乱的邪恶鬼怪，更或者，只是因为白天闹得太猛，他终于疲乏到不得不睡觉了。然而毕竟，他能安静地熟睡，那是多么美好的事啊！

十五、前世的情人

他终于把我忘了,整个地不再记得我是谁,我甚至没有发现从哪一天开始,渐渐地,他就不认识我了。

不久前他还会在每次见到我时表现出惊喜:咦!女儿?你起床啦?任何时候,只要他抬起眼皮看见我,就会用这句话来问候我,即便一分钟前我刚给他喂过药。他的每一分钟仿佛都是从梦里刚刚醒来,世界是新的,女儿是新的,一切都是新的。于是他开始焦虑,为每一个瞬间都要去适应新环境、新人群、新生活而焦虑。

那天下午他又发病了,他像一只迷路的流浪狗一样在屋里彷徨不止,他心急火燎地从一个房间扑向另一个房间,而后一无所获地又从另一个房间扑向厨房、卫生间、院子,他不知道自己要找什么、要干什么,最后,他绝望地叫嚣起来:我害怕,救救我,给我一条出路吧……

我尽力用温和的语气问他:爸爸!你要做什么?告诉我,我来想办法。

他祈求的目光忽然射出冰冷的气焰:你是谁?你们为什么要变着法子整我……

我的心猛地揪紧,脸上却努力挂着笑容,并伸手去扶他:爸爸,我是你女儿啊!

他冷笑一声:哼!你?你是我女儿?骗人!全都是骗人的,走开!

他一把推开我,一边扑向院子里,一边呼喊着:女儿 —— 救救我这条老命吧 ——

我就站在他眼前,他却朝着遥远的方向呼喊女儿,他不认识我了!忽然想起来,他的确已经好几日没叫过我"女儿"了,在某个我并未注意到的时刻,他开始了对我的遗忘……我的喉头堵住,一句话都说不出来,只能沉默着看他的背影。

那个背影因不明所以的寻找前倾着，紧迫而急切，步履却是无法掩饰的蹒跚；那个背影义无反顾地向门外碎步走去，近乎佝偻的瘦小，像一个发育不良而未及长开身量的少年；那个背影扛着的头颅上分明已经没有几根头发，像一颗远在亿万年之外的荒芜的星球，在逆光的门洞口被一圈混沌的光晕环绕，让所有人看见，却不让所有人靠近。

他终于不再认识我，不认识他的女儿。可我认识他，他是我的父亲，毫无疑义。

从那以后，每当我叫他一声"爸爸"，他总会答应："哎，娘子"。

我纠正他：错啦！我不是你娘子，你看看，爸爸，看看我是谁？

他抬头：你？不好意思，你是谁啊？

我大声告诉他：爸爸，我是薛舒啊！你的女儿。

他忽然大惊失色：女儿？我的女儿？你？真的假的？

我微笑点头：是真的，爸爸，你叫薛XX，我叫薛舒，我不就是你女儿吗？

他想了一会儿，撇了撇嘴角，假惺惺地笑，含糊其词道：哦哦，呵呵，不好意思啊！对不住，没认出来，对不住啊！

他显然不打算认眼前这个女儿，却也不驳我的好意，还对我假笑一番。对此我无能为力，我没有办法让他想起我，便只能沉默着给他倒水、喂药。可是我转过身准备走开时，却听见他在我身后轻轻地叫：娘子——娘子——

我回头，想纠正他，"不，我是你女儿，记住啊！女儿"。可是当我看见他注视着我的殷切目光，我就什么话都说不出了。他的脑中，娘子和女儿已经混为一体，他无法区分这两个陪伴他的女人谁是娘子，谁是女儿。那就让他把我当成"娘子"吧，也许，这正是那句话——"女儿是父亲前世的情人"的应验，他已然混沌的思维，也许进入了另一个维度空间，在那个世界里，我是他的"娘子"。可是，他现世的"娘子"我的母亲，又是他前世的谁？这个，我却一时无法知道。

父亲狂躁的发作一日比一日频繁，医生也只能开出最后一帖"家属要耐心，要有心理承受力"的药方。他的药物耐受力极强，镇静剂已经用到极限，可还是无法达到完全有效的镇静作用。他拒绝吃药，拒绝吃饭，拒绝睡觉，他一边呼唤着"娘子"以及"女儿"，一边拒绝接受站在他眼前的妻子抑或女儿，拒绝把我们当作他的亲人，拒绝我们为他付出的关爱和服务。我几乎寸步不能离开家，只要走开一日，母亲的求助电话就会一次次追踪而来，直到有一次，她终于忍无可忍地在电话里对我说：有没有收留他的地方？养老院什么的，送他去吧，否则一家人都要被他折磨死了……

她说得犹豫不决，一点儿都不理直气壮。而我，无法描述那一刻内心的痛楚和不甘。他才七十一岁，他还不算太老，难道真的要让他过终日绑在床上的生活？倘若送他进养老院，他会不会每时每刻都要为自己身陷完全陌生的环境而焦躁恐惧？他会不会依然每天无数遍地吼叫着要"回家"？在那个一名护工护理许多个病人的地方，谁有时间和耐心来劝导安抚他？在那里，他唯一的出路就是被强行注射超剂量的镇静剂，然后成为一具不会反抗、不会倾诉、不会求救的造粪机器。在那里，没有人叫他"爸爸"，尽管他已经不认识叫他"爸爸"的人，可他并不是不需要他的孩子，我确信，他需要。

我不知如何说服母亲放弃送父亲去养老院的想法，只能打电话和弟弟商量。事实上，我心里已经拿定主意，在父亲还能喊"娘子"、喊"女儿"的时候，在他还没有完全遗忘他有亲人、有子女之前，我不想送他去养老院。是的，他知道他有一个"娘子"，有一个"女儿"，只是他已经没有能力把母亲或者我的面容和他脑中的娘子和女儿融合起来。

弟弟同意我的意见，可他担心母亲年纪大了，经不起折腾，为照顾父亲而累垮身体得不偿失，同样担心拖累和影响我的工作。于是，我们查询了有关养老院的信息，结果却令我们大为惊异。普通公益性质养老院，费用是每月三千到五千，医疗设施和护理条件较差，老人进入后迅速衰退，大多在一到两年内去世。条件好的养老院多是营利性质，每月要两万元左右费用……我们把情况如实告诉母亲，然后请她选择，母亲权衡再三，决定放弃。

与此同时，我看到网上一些更为令我惊惧的新闻：

广州居民小区，一对老夫妻在家死亡多日无人发现，直至邻居闻到异味，敲门许久不开，遂报案派出所。民警撬开家门，发现夫妇二人已死去多日。邻居反映，很少见到老夫妻的子女来探望。

上海某街道一名中年男子将其瘫痪的母亲杀死。据邻居反映，该男子素以孝顺出名，悉心照料母亲多年。邻居说，杀死母亲后该男子站在家门口，显得不知所措。

北京某标杆养老院拥有1100张床位，目前已有一万多名老人排队等候空床位。按照正常死亡率，倘若现在开始排队，要等到一百六十年后才能住进养老院。

……

养老院成了奢侈品，可是总有一天我们都会老去，那时候，我们该如何把自己安顿到那所根本享用不起的奢侈品中去？

和弟弟商量后，为父亲请了一名护工。费用，我们不打算告诉母亲，付钱结账的工作全由我做。可我那身为财务工作者的母亲，怎么可能不过问家里多出来的一笔开销？哪怕付钱的人是我和弟弟。于是我把护工的薪水打对折告诉母亲，她惊叫道：这么贵？现在钞票太不经用了！然后摇头叹息着，无奈接受了"这么贵"的护工。

护工确是替代母亲做掉了不少家务，却不能解决父亲的精神问题。他依然时刻处于恐惧中，惧怕住在这所软禁了他、绑架了他的房子里，惧怕眼前那两个时刻都在企图谋害他的"陌生人"，并且，他脑中似乎还积累了一大堆没有完成并且永远都完不成的工作，因为想不起来究竟是什么工作，便为自己的玩忽职守以及可能产生的恶果忧心忡忡。有时候，他竟会害怕得瑟瑟发抖，说：完了完了，捅篓子了，我怎么办？或者急得团团转：坏事了，快啊！快快，要出事了……他脑中的黑洞越来越多，世界已经完全混乱，仿佛末日来临，他的精神随时都会进入想要逃命而又无处可逃的紧张和恐惧中，于是我和母亲，以及护工阿姨，我们便跟随着他，把本已疲惫不堪的精神拖累得越发脆弱。母亲几乎要崩溃了,我亦是无法正常工作。看着这个不再认得我们,随时都会上蹿下跳着寻找出路的老头,我绝望地幻想着,什么时候能够让我摸索着走进他的世界,走进那个布满黑洞的深邃迷宫,我想看看,那里面究竟还剩下什么,我的老爹,我还能如何与他对话,如同所有女儿与父亲那样,正常地对话。

那夜睡前看书,读到《中外文摘》中一篇叫《我为什么希望父亲死去》的文章,作者是美国作家桑德拉·骆。题目首先吸引到我,而当我读到文中一些感同身受的文字时,眼泪几乎狂奔而下。

在这篇两千多字的文章中,桑德拉·骆对自己在父亲残存的漫长生命中的存在意义产生了质疑。

> 我意识到,49岁的我,成了卡夫卡笔下的角色,在他的小说《判决》中,主人公表面上年老衰弱的父亲突然用强有力的大腿踢掉身上的睡衣,高高地站在床上,凶神恶煞般地发表大道理,如此意想不到,如此处心积虑,为的就是摧毁他儿子的精神。那位儿子在这之前心情都很好,那天他刚给友人写了一封信,这一年还算吉利,生意发展顺利,又与一位家境殷实的女子订了婚,然而,被父亲折磨一番后,主人公出

门就投河自尽了……显然，我和我的父亲之间有一些"问题"。

我的老父亲，他身陷轮椅，却极端活跃，他不愿意住养老院，不愿意穿纸尿裤，乐此不疲地在床单上拉屎撒尿，对护工百般挑剔，早上新来的护工没到中午就辞职了，换了一轮又一轮之后，我终于以昂贵的价格留住了托马斯。我们所有的积蓄都用来支付养老院的费用和托马斯的薪水了，可他根本不打算放过我，每天给我打电话，提出数不胜数的要求，经常半夜接到托马斯的电话，于是我立即开一个小时的车赶到他的床边。他快把我逼疯了……

由于医疗科技的进步，我们看到一种常态，老年人的死亡将是一个持续很久的过程，在这一过程中每日如进食、洗澡、移动这样的简单活动都需要别人的帮助，而他们又是未来增长最快的人群……我的老父亲，一个典型的美国家庭老人，需要护理者投入巨大的时间、精力和财力，这将影响到护理者的工作和个人生活。这一切让我感到筋疲力尽。我担心，这样的日子将永远不会结束，可每当我心里暗暗希望结束时，我又倍感自责。可是让我感到矛盾的是，父亲在世时，我无法怀念他的好，但他有一天去世后，我想我肯定会怀念他……

在中国，子女有尽孝的义务，年迈的父母通常和子女住在一起。但是西方，幸运的一点是，看望完父亲后，我今天可以开车走人，我不再把他想象成是我的"父亲"。但我在他身上看到我熟悉的一些东西，一如我自己，直到生命的最后，这个倔强、孩子气、热爱生活的老头，他不想去养老院，永远不想。

好吧，那就让我们来看看，那些老人是如何盘剥年轻人的劳动的——桑德拉·骆的文中，每字每句都在告诉我这个对年轻人而言极不公平的社会问题。

平民能承受的养老院没有好的护理条件，最常用的方法是把老人绑在床上或者轮椅上。条件较好的养老院费用惊人，所有拼命工作所得的报酬都填补到维持老人生命并使其尽可能活得舒适的窟窿里去了。即便有足够的经济能力选择最好的养老院和护工，子女依然要花费大量的时间和精力去承担老人精神方面的安抚。护工的价格越发昂贵，长久的巨额支出给子女带来沉重的压力。老人天经地义需要子女的陪伴和照顾，可是年轻人却因此几乎丢掉正常的生活，无法安排离家超过三天的出差，无法实现计划了很久的旅行，频繁地为突发状况立即中断工作奔赴老人身边，几乎没有一天可以安定地坐下来写点什么……

这是一个美国作家几近崩溃的咆哮,在桑德拉·骆愤怒的叙述中,他的老父亲始终以一张在暗处窃笑的面容呈现在我脑中。他并没有那么写,可我看到的就是这样一幅画面,那种笑,不是因恶作剧产生了效果而幸灾乐祸的坏笑,而是一种反驳的笑,一种消极对抗或者沉默抵制的笑。是的,所有人都认为自己正以最高的代价、最强的忍耐力、最具善意的爱心对待老人的生命,可是我们为此花尽了积蓄,花尽了耐心,我们把自己的情绪搞到如此沮丧和愤怒,我们把精神几近崩溃的原因归责于老人,可是我们谁都不替那位在暗处窃笑的老人想一想,他自己愿不愿意就这么活着?

彼时,忽然产生一个念头。我那已经把自己隔离在亲人、朋友,以及真实世界之外的父亲,他在呼喊"救救我这条老命"和"给我一条出路"的时候,是不是因时刻处于极度恐惧中而痛苦不堪?一个每分钟都活得如此痛苦的生命,还有什么希望或者动力继续活下去?倘或他有正常的思维,他会如何思索这个问题?

这情不自禁的念头一经出现,我的后背立即一阵发冷。我不敢确定这想法当属邪恶还是慈悲,亦是不敢想象,当我自己到了老去的那一日,我会给后辈留下什么样的嘱咐?我是否需要告诉我的孩子:别在我衰老到已经没有丝毫乐趣的时候,还让我痛苦地活下去……是的,每个人都有老去的时候,越来越多的老人将充斥这个城市,他们抑或我们,所有的老人们,都将如同秋后的老昆虫,无所事事、苟延残喘、前赴后继地塞满每一块石头的缝隙、每一寸土地的褶皱、每一段时光的凝滞地带。他们消耗着年轻人的数倍资源,却承受着并无多少快乐的日子,甚至时刻陷于生命即将逝去的恐惧与焦虑中。这样的生命,还有什么价值和意义?

我们这个城市,正不可逆转地走进老年人的世界,我不知道我的周围有几个做子女的会生出如我一样的所想,但我相信,倘若这不算一种邪恶的念头,倘若这只是一颗慈悲的心坦诚的表达,我想,这就该是一种大慈悲。

那夜,我做了一个梦,我梦见去理发店修理头发,理发师没有征得我的同意,就把我十多年不变的长发剪成了一个短波头。我立即冲理发师发起火来,我振振有词、据理力争,可是说着说着,我竟开始哭,我哭着说:头发是父母给我的与生俱来的礼物,是我和父母血肉相承的证明,你怎么能随便给我剪掉……我哭醒了,夜色在窗外的天空里沉静地铺展，路灯照着院子里的枇杷树，斑驳的影子投落在纱窗上，远处，夜猫偶尔的呼唤告诉我，这是现实，不是梦境。可我分明感觉到，我的心，从适才的梦里一路痛着，痛到此刻的现实。

早上，一如既往地被隔壁卧室的呼唤叫醒，我听见父亲在叫"姆妈——"。起身跑向隔壁卧室，正在厨房里做早餐的母亲也奔进了卧室。父亲躺在床上，睁着眼睛，目光竟是澄明，他看着他的老妻，张口叫道："姆妈"。

我和母亲不约而同地张口，想说什么，却同时住了口。我们对视了一眼，彼此明白心意，便不再说话。是的，就让他叫他的老妻"姆妈"吧，抑或有时候他会把我叫作"娘子"，让他就这么叫吧，只要他还能把眼前的亲人视为亲人，只要他还知道自己拥有一份爱、一份依恋，不管这份爱和依恋来自他的母亲、妻子，还是女儿，终究，那是来自他生命中血脉相连的三个女人，如此，这便是一件美好幸福的事。

暂时的尾声

又一个金秋十月来了,关于父亲患病之后的生活,我已记录了整整一年。现在他已经不认识所有人,不认识我和弟弟,不认识我的母亲他的妻子,世上所有的事物,于他而言都成了真正的过眼烟云,他无法记住每一秒钟发生的任何事,也不能记住生命中的任何际遇。可我们依旧每天陪伴着他,与他说话,带他出去散步,让他闻一闻刚开的鲜花的香味,替他梳理一下没有几根发丝的脑袋,隔几天刮一刮他那不断冒出花白胡子的下巴……

那日下了一场雨，雨停后，我决定带他出去散步。我说：爸爸，要不要出去逛一圈？

他高兴地拍手欢呼：噢！出去喽，我早就想出去啦！娘子，走吧……

我没有纠正这错误的称呼，只是搀扶着他，走出院子，走进小区。有些潮湿的空气，并非繁花似锦的春天，只有桂树墨绿的枝叶间密密麻麻的黄色小花，如水雾中的繁星一般，兀自散发着馥郁芳香。

我那步履蹒跚的父亲一高兴，挣脱我的搀扶，欢天喜地、跌跌撞撞地走到我的前面。他像一只终日关在笼子里的老鸟，终于被放出来，却因衰老无力而不能振翅飞翔。可他依然欢喜着，因为这自由自在、不被锁住的步伐……

我跟在他身后，看着他东张西望地行走在灰蒙蒙天色中近乎佝偻的瘦小背影，忽然想起在某本杂志上看过的一段关于美国前总统里根患上AD后的故事。

在最后的日子里，里根已经不认得妻子南希。有一日，他在南希的陪同下在花园里散步，看到盛开的鲜花，里根颤颤巍巍地跑进花圃。随从不解，问他：总统先生，您要干什么？

里根什么话都没说，只是在花丛中摘下一朵玫瑰，然后颤颤巍巍地回身，笑眯眯地举着玫瑰送到南希面前。南希接过玫瑰，热泪盈眶。他已不记得眼前这位满头白发的女士是他的妻子，但他的绅士风度犹在。那么好的阳光，那么美的鲜花，献给一位女士，即便是一位陌生女士，难道不是一个绅士应该拥有的、发自骨髓的性格和气度？

抬头看父亲，他瘦弱的背影依然在离我两米处向前移动，他的身侧两旁流动着繁茂葱茏的绿树，以及树丛中点点嫩黄的小花。彼时，我的心里生出了一种莫名的感动。

散步回家的路上，我在小区花园里摘了一枝带雨珠的桂花。进院门后，我把那支缀满绿叶和黄星星的桂花凑到他鼻子底下，我说：爸爸，你闻闻，桂花香不香？

他正常的呼吸一定把鲜花的香气带进了肺腑，我看到他眼睛一眯，目光里流出一丝陶醉的迷蒙。于是我指着家门内正忙碌着的母亲说：爸爸，拿着这枝花，去送给她，送给你的"娘子"，她一定会高兴的。

他接过花，却不知所措地站在原地。我轻轻推了推他的肩膀：去吧，去送给你的娘子。

他缓慢地挪动，面无表情，却郑重其事，那枝花叶间还带着新鲜雨珠的桂花，就被他这么举在胸口，然后，他迈开双腿,向屋里那个正埋头洗菜、露出头顶大片白发的老妇人,跌跌撞撞、踉踉跄跄地走去……

后记

因为病和爱,我不再文学

他不认识我已经将近一年,这一年里,每一次去探望他,我都会对着他大声呼唤:爸爸!大多时候他会爽快地回答:哎!女儿。可他并没有注视我,他总是半垂眼皮,涣散飘忽的目光所抵达的是某个不知所终的地方。我拍拍他的肩:爸爸,你看看,我是谁?

他终于抬起眼皮看我,片刻,堆起一脸抱歉的笑:对不住,想不起来了。

是的,适才他脱口呼唤我"女儿",只是一种类似于条件反射的机械动作,与记忆毫无关系,他不认识我。

有时候母亲会逗他说话,问他女儿是做什么工作的?他会想那么几秒钟,谨而慎之,吞吞吐吐:做,做什么的?不知道啊……

母亲试图让他高兴,哪怕是即刻就会遗忘的瞬间快乐:作家,你女儿是作家,知道吗?

他果然大喜:真的吗?太好了!

他使劲拍着巴掌,一脸称心满意的表情,于是我们跟着他欢天喜地。两秒钟后,母亲再次问他同样的问题,他脸上却已归复一无所知的抱歉的笑:对不住,不知道啊!

他还在继续远去,毋庸置疑。我无法让他知道,我用一个小小的长篇记录了他患上阿尔茨海默病的两年时光。他当然可以不记得一切与他有关的荣耀和遗憾,可我不能不记得。而文字,帮助我记住更多有关他的过往岁月。

我的记录本上写着二十多个预备创作的小说标题,那是一次次灵感闪现时迸出的词句,那些烟花般散碎却夺目的文字是我储备的种子。我总是想,某一天,我会播种它们、培育它们,然后,它们也许会长成一片美丽的草坪,或者一棵参天大树,那就是我的作品。对,有二十多个标题，如今它们依然作为种子被封存着，我没有时间去播种和培育它们，因为他病了，因为我不能不管他，因为他是我的父亲。

2010年的青创会上，我代表青年作家发言，发言稿中我提到了他，我的父亲，他在我的发言中承担了某种文学传承和责任嘱托的重任。我这么写道：

"有一年春节，我回浦东老家过年，在父母的卧室里，我发现一张破旧的稿纸，上面涂鸦着一些句子。开首第一句是：1894年的秋季，是一个雨水充沛的秋季，我爷爷抬头望天，一望，就望到了潮汛即将如期到来。

"我认出来，那是我退休在家的父亲的字迹。对于任何一个出生在书香门第或者知识分子家庭的孩子来说，父母伏案书写的景象是十分常见的。但于我退休工人身份的父亲，那是天大的奇迹。母亲告诉我：你爸爸说要写小说，真的开始写了呢。

"一旁的父亲用哈哈大笑掩饰着自己的羞涩，他笑着说：写了一个开头，想想，女儿写小说，老爸就不用写了，以后叫女儿替我写就行。

"彼时，我既是为父亲的可爱而窃笑着，同时，又有些被感动。如果说过去我仅仅是为自己的一点点小冲动、小情怀而写作，那么父亲看似玩笑实属嘱托的话，让我忽然产生了强烈的责任感。1894年的秋季，我父亲的爷爷正抬头望天。1894年的秋季，我的爷爷在哪里？我的父亲在哪里？我，又在哪里？我无法在记忆中找到1894年的我，但我可以在文学里看到如同我父亲的爷爷那样的人，他们在1894年的秋季用抬头望天的方式解读自然和生活，理解人生和命运。那个抬头望天的故去之人，不正是1894年的我吗？那时候，我感觉到了文学的重要，文学的神圣！他让一个老人寄予了一份记录生活、收藏历史、释然沧桑、怀想未来的希望。那么如我这样被冠以'写作者'名称的后辈，需要向我们的前辈交出一份什么样的答卷？"

这就是我在2010年的时候对文学矫情的认识，我让父亲在不知情的情况下参与了我的矫情。

2012年，他开始全面发病，我不得不一次次从遥远的杭州湾开车赶回浦东的父母家，我的时间在上百公里的来回路途中消耗殆尽，我必须随时面对他，我那因为脑萎缩而衍生出幻想症、怀疑症、忧郁症、健忘症等等诸多精神病症的父亲。当他把他的老妻、他的女儿折腾得筋疲力尽时，我终于发现，我再也无法躲在自己的蜗居安静地写作。一贯的生活方式和秩序被打破，如此，我便无法胜任作为一个写作者的社会身份，我变得越来越焦虑，以及压抑。每次赶回父母家，停下车，我会在驾驶座上呆坐好一会儿。说实话，我不想进那个家门，不想看见那个早已不像父亲的人，那个随时会发病的令人恐惧的男人，那个用自己的患病把家人捆绑在他身边的自私的老男人。

是的，他是我的父亲，这本书，写的就是他。当然，我没有把自己长久地关在车里不出来，我知道那是逃避不掉的，所以每次我都只是喘口气，然后挺一挺酸麻的脊梁，脸上堆起笑容，走进那所充满迟暮气息的房子。那个自私的老男人，从不意外地以三岁幼儿的头脑和七十多岁老年男性的躯体呈现在我面前：他正把一只板凳从客厅拖到厨房，又从厨房拖到卧室；他为不肯洗澡而站在卫生间门口与他的老妻怒目对峙；他摊开手掌冲着走进家门的我讨要零食：要吃，给点吃的……

我是谁？看看我是谁？我举着一只香蕉问他。

他的视线投向香蕉：对不住，不知道……

他终于把我忘了。

可他曾经是怎样记得我的？是不是，不久以后，我也将忘了那个认得女儿的父亲？遗忘是那么容易，生命脆弱，记忆更是脆弱到可以转瞬湮灭。我开始急切地想要写下这个已然不认得他的女儿的父亲，这个老人，这个生养了我的至亲之人。当我在键盘上敲击下书名时，我预感到这一次的写作，将是一次真实的记录。小说的虚构已经无法承担我的焦躁，我必须毫不隐藏地袒露，以及宣泄。

是的，我没有更高的境界，我没想要用文学去承担某种社会责任。书中那些故事，那些遭遇，有关他的，有关我们家的，每一个细节，都是没有一处虚构的千真万确的事实。因为亲历，并且这种亲历还在继续，我便无法从文学的角度去谈论这个作品，甚至我觉得，这是一次过于私人的记录，虽然个体的经历兴许也代表了一个社会群体，兴许还能反映某种社会现象，但我依然会为任何一次有关这个作品的文学探讨感到羞愧。当文学与生命、情感比肩站立时，我发现，文学是矫情，是隔靴搔痒，是一顶因尺码过大而不得体的礼帽。

曾经，我为他写过一个长篇小说《我青春的父亲》（发表于《中国作家》），以他为原型的男主角生存得有活力而始终努力。那是2009年春天的故事，那时候他还在我的小说里青春着。多年后的今天，他却在我的另一个长篇里以阿尔茨海默病患者的身份渐渐远去。他没有读过《我青春的父亲》，因为虚构，我不敢让他读。如今，他当然不再有能力读这本新书，然而倘若他能读，我亦是不敢给他读的，因为并非虚构。

虚构与非虚构，都让我羞怯于把我的作品坦陈在他面前。原因是唯一的，那就是我一直回避的、现在不得不说出来的一个字——爱。

当他患病的时候，我感觉到了前所未有的爱。当我们患病的时候，我们拥有或者失去了爱。我前所未有地感知了爱和病的纠缠是如此紧密，这种感觉，让我为多年前写下的那个虚构的父亲感觉羞愧，亦是为我如今写下的正在渐渐远去的父亲而多了一丁点儿近乎自慰的，心安。